YUGIOHISMUS

ЮГИОИЗМ

博客思出版社

遊戲王主義論

鬥爭尚未結束，戰友仍須奮鬥，讓我們通往遊戲王主義的勝利！

王柏瀧著

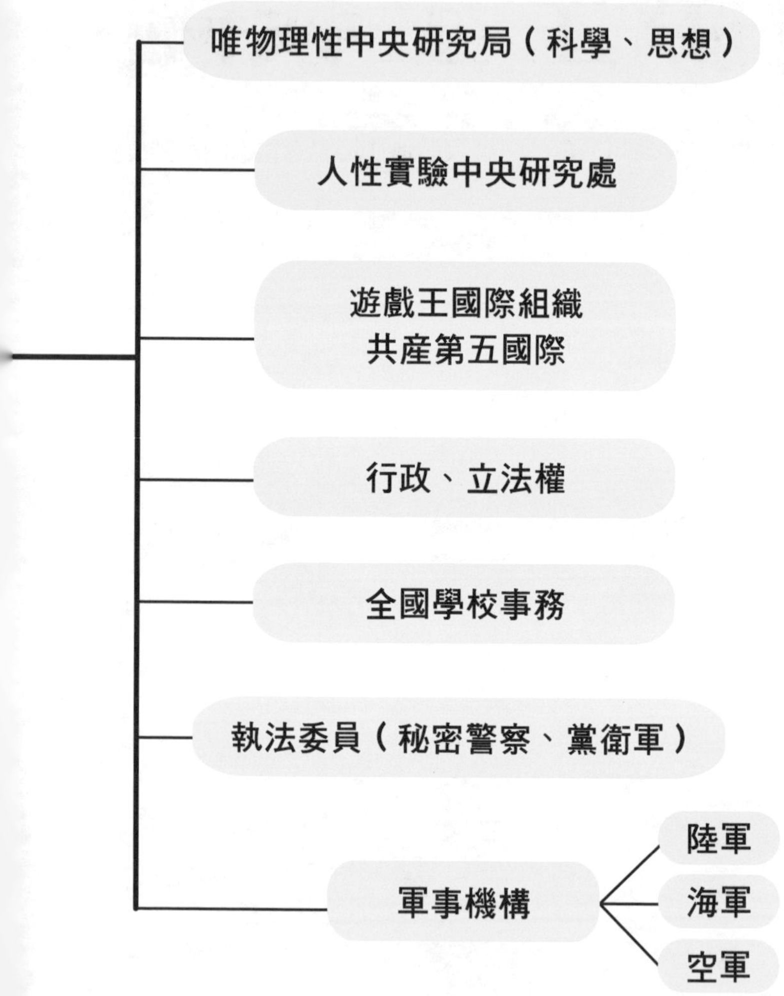
唯物理性中央研究局（科學、思想）
人性實驗中央研究處
遊戲王國際組織
共產第五國際
行政、立法權
全國學校事務
執法委員（秘密警察、黨衛軍）
軍事機構
陸軍
海軍
空軍

遊戲王主義論

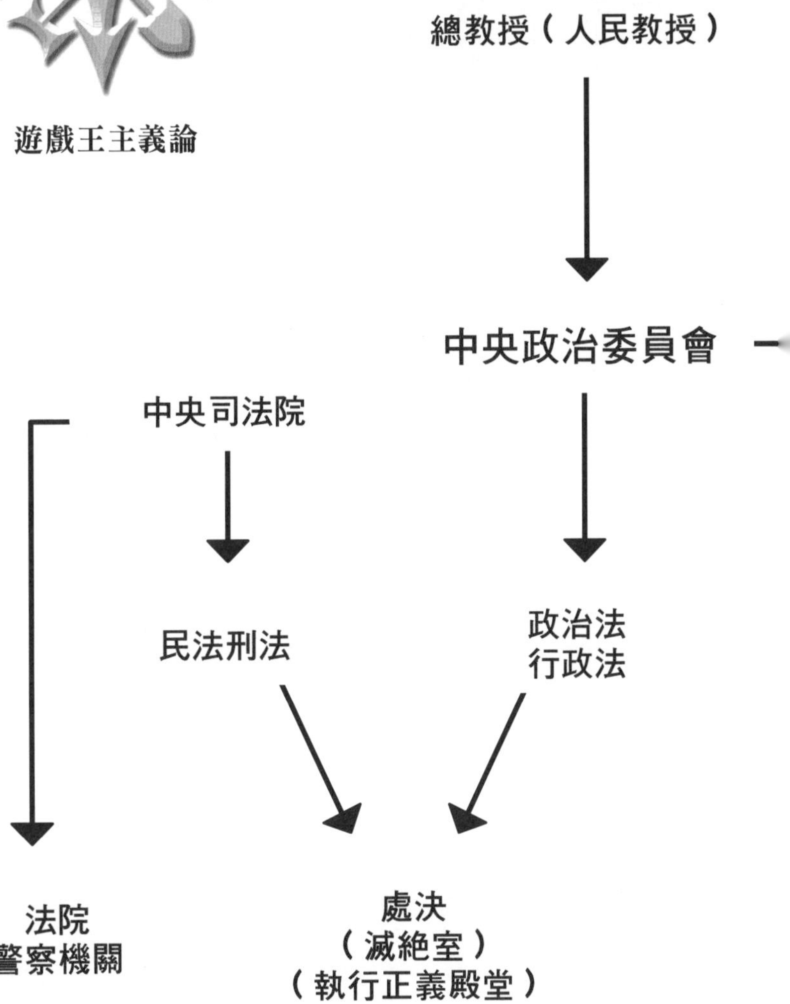
總教授（人民教授）
中央政治委員會
中央司法院
民法刑法
政治法
行政法
法院
警察機關
處決
（滅絕室）
（執行正義殿堂）

目錄 *contents*

遊戲王主義論

這本書是送給世界上所有的遊戲王玩家、決鬥者以及遊戲王主義者。在我特別談論遊戲王主義之前，我要先區分何為遊戲王玩家、決鬥者以及遊戲王主義者。基本上，只要是有玩遊戲王的人都叫做遊戲王玩家。這是一種廣義的詞，不管實力如何、想法為何，只要有接觸遊戲王的人都可以用「遊戲王玩家」來稱呼。「遊戲王玩家」不太常和政治結合在一起，就只是單純有玩遊戲王的人。而「決鬥者」是專業的玩家，充分了解遊戲王卡牌規則以及有定期看遊戲王相關視頻的人才可以被稱為「決鬥者」。「決鬥者」介入政治領域算是一半一半，但有些決鬥者並不熱衷政治，只是純粹愛玩遊戲王而已，這樣比較偏向「遊戲王玩家」。參與政治的「決鬥者」則偏向「遊戲王主義者」，但是這樣的「決鬥者」又不等於「遊戲王主義者」，因為「遊戲王主義者」的界定更加嚴格。最後是「遊戲王主義者」，遊戲王主義者是奉行「遊戲王主義」的專業玩家，不管是在遊戲王卡上、思想上還是政治上都走向專業程度的人才可被稱為「遊戲王主義者」，因為遊戲王主義要說明的細節太多，姑且暫時簡單如此分類，到最後會使各位更加理解。

何為遊戲王主義？

這個問題不好簡單回答，因為牽涉太多層面了，但是就以簡單的說，「遊戲王主義」是「愛遊主義」、「社會主義」還有「國家民族主義」的結合體，而且「遊戲王主義」奉行「科學理性」的價值觀，意思是在道德和科學之間選擇科學，基本上科學和秩序是「遊戲王主義」的一大特色。我們要把遊戲王主義視為一個準則，而不是單單一個卡牌遊戲延伸出的東西，事實上建立「遊戲王主義的唯物新秩序」也是遊戲王主義思想的其中一部分，畢竟資本主義和動漫唯心思想已經在現代社會無序擴張了，如果持續放任不管會造成人類社會的秩序崩潰和集體思想沉淪。有時候人可能為了奉行「遊戲王主義」做到甚至不惜放棄「生命」的態度，因為價值觀比生命還重要，這是底線問題，沒有價值觀的人就像一個活死人一樣。只要是任何有可能危害遊戲王思想的人事物，都非常有可能是人類社會的反動派，即使是家人和朋友，只要他試圖消滅和反對遊戲王主義思想，都應視同敵人來看待。我並不是要你們不愛惜家人，而是這些亂搞反對行動的敵人常常偽裝自己，進而將本身的反對行動合理化而搬弄是非，如果我們連誰是敵人都不知道，那這些危害遊戲王的人渣將繼續顛倒是非，最後毀壞整個人類社會。

遊戲王主義既是「國家民族主義」和「社會主義」的結合體，但又不完全是，甚至遊戲王主義超出這兩個主義。一直以來我們都在思考世界的真理，意外發現不少驚奇的事物，這些事物一部分是真理、一部分是人類的缺陷，希望以後不只有科學實驗，也期待人類可以開始執行殘酷的人性實驗，為何要如此做？因為人性的真理唯有依靠人性的實驗，就像科學家使用實驗得知結果一樣，如果我們真正理解人性的真理，是不是就可以建立大同社會了，每一件事都有代價，天下沒有白吃的午餐，總是得犧牲一些人的權利，甚至生命，我們才可能「購買」到真理，這樣才符合經濟學。歷史上有太多例子證明因為鬥爭而犧牲生命才會換得人類的進步了，像近代兩次世界大戰就是一個例子，包括追溯到人類古時的戰爭都是如此，像是中國春秋戰國時代大幅度的加速中國文明的發展，使中國從封建制進步到中央集權，奠定中國成為大一統國家的基礎，也使中國的科學技術大大進步，這也是其中一個著名的例子。不管何時，人類確實都在因鬥爭而進步，總有到「真理」的一天，那為何不一次加速，使人類進入真理的「臨近點」呢？我們到底還要放慢腳步多久？我們應該向真理進行鬥爭，並征服它，進而以遊戲王主義的形式解析真理。

遊戲王主義者的自我克制

說真的，雖然遊戲王主義者是任重而道遠之人，但不管多偉大的人終究也是人，只要是人就有可能犯錯，而且這個錯誤還不是小錯，我們應該找出該做和不該違背的事。現在我們有一些遊戲王玩家是動漫迷，雖然這一些玩家還是熱愛遊戲王，但是動漫的毒已經侵入這些人的思想中腐化他們，這些動漫迷化的遊戲王玩家漸漸的被動漫洗腦而幫助萬惡的動漫迷，因此我們不能再放任不管了，遊戲王的玩家應該獻上忠誠，對遊戲王的一切無比敬愛，甚至人人都應奉行遊戲王主義，不能因為貪圖享樂而接受遊戲王主義認可以外的動漫，或許你可能認為這樣做太嚴格了，但唯有這樣我們才能成為引領眾人的表率。俗話說，吸毒的人在這個社會完全不可信，同樣的道理，看動漫就和吸毒一樣可怕，動漫迷所表示的一言一行也絕不可信，而且動漫迷就和吸毒的人一樣善於謊騙眾人，只有智慧良善的人可以看出並識破他們的謊言，而遊戲王主義者就是上天賜予世界最好的智慧與良善使者，遊戲王主義者當然就必須對自身嚴格一些，才可以改進社會，帶領人類突破困境。

什麼是「愛遊主義」？

「愛遊主義」的意思是指愛「遊戲王」的一切，而且以絕對忠誠的心對「遊戲王」，而遊戲王主義者就是實行「愛遊主義」思想的人。有一些反對者可能會質疑「愛遊主義」，因為這個主義太過嚴格，但事實上「愛遊主義」有存在的必要性，因為有太多玩遊戲王卡的人都活在自己「思想的矛盾」當中，而這一些的「思想」最終都是自私的，例如有一些遊戲王玩家認為玩遊戲王卡只是輕鬆而已，玩其它動漫遊戲或是電動是可以接受的行為，然後又說自己是多麼愛遊戲王，結果也是反對「愛遊主義」，最後這一些自稱多麼愛遊戲王的人就去「效忠」其它卡牌遊戲或是電動，說到底也是自己爽而已，當這種人對遊戲王沒有興趣以後就會一腳踢開遊戲王，那當初又為何自稱非常「愛」遊戲王呢？所以為什麼要有「愛遊主義」，因為太多騙子聲稱自己愛遊戲王，然後去「效忠」其他遊戲去了，遊戲王主義會將這些騙子的真面目一一給予揭穿。既然無法對「遊戲王」忠誠，那就不要說自己是愛遊戲王的人，不能再用含糊不清的想法和言論去逃避現實，不能既愛遊戲王又愛玩其他遊戲，只有徹底對遊戲王主義忠誠的人才可稱為真正愛遊戲王的人。

為何一定要對「遊戲王」忠誠呢？因為「遊戲王」可以成為一個文化、一種思想甚至可以是人類的價值觀，就如同民族主義、民主主義、唯物主義等等的一些價值觀，又或者「遊戲王」可能成為一種新的人類文明，而且是科學理性價值觀的文明，這樣的東西如果人類去實踐它，那人類將有意想不到的大發展和大進步。可惜的地方在於，有很多井底之蛙不理解「遊戲王」的可能性，總是滿足於自己的現狀然後去否定遊戲王主義，通常這些人是動漫迷、電玩宅、宗教人士、虛假的自由主義者，資產階級和唯心主義者，這些人不是過度自私就是見識淺薄，為反對而反對，從來不去真正理解社會現況，而以自己的「見解」去看事情，所以也就造成人類的無知和精神沉淪，雖然如此，但遊戲王主義者從不會因為這些人而放棄理念，反而會更加努力去修正這個扭曲的社會。在遊戲王主義者修正這個世界之前，自我本身就要徹底了解自己的價值觀和思想，對遊戲王主義徹底理解和忠誠，否則將無法做到修正社會，要說服和修正別人以前，自己要先清楚想對別人表達什麼，這才是真正的糾正錯誤。

遊戲王主義如何看待「死亡」

「死亡」是人類無法超越的障礙，很多宗教常常幻想「死後的世界」來滿足對死亡的恐懼和好奇，但是就科學上來說，沒有直接證據證明「死後世界」的存在。遊戲王主義認為，人死後並不會去其他世界，因為人根本沒有靈魂，人之所以能有獨立思考的本能，也取自人類大腦的結構，就像手機的記憶體是一樣的道理，只是因為人類大腦結構太過複雜，以致人類以為有「靈魂」的存在，事實上是沒有的。人類之所以如此怕死，也是因為我們大腦有「防止死亡」的理性機制在，如果人類可以超越死亡的恐懼，那人類就可能更容易走向真理，也就稱為「死亡的真理」。我不是鼓勵人類自殺或死亡，而是在理性的考慮後，用生命當作賭注，找尋真理，並全力奉獻自我的生命和時間。既然人總一天會死，不如在死之前用生命找尋真理。遊戲王主義認為沒有死後的世界，人類死後自我本身就像睡覺一樣，沒有任何感覺，甚至沒有「自我」存在一樣就消失了，就如同檔案刪除一樣。人類不會去認定電腦本身有「靈魂」的存在，而有趣的地方是人腦和電腦有很多的共通性，為何又只說人類本身只有自己才有「靈魂」而電腦沒有「靈魂」？因為人把自己看得太高尚了，而事實是人沒有「靈魂」的存在，更不會有死後的世界。

不管如何，以理性上來說自殺是毫無意義上，因為生物是為了生活而採取生存鬥爭，除了犧牲生命可以解救民族或國家才可以「自殺」。遊戲王主義對於日本人的「切腹自殺」是非常鄙視的，雖被稱為「有尊嚴與光榮的死去」，但實際上只是逃避自己犯下的失敗，一個人如果遭遇嚴重的失敗則繼續活著並修正和彌補自己的錯誤才是正確的，而政治人物的施政不當也是不能以下臺做為負責，必須修正自己的政治錯誤，直到國家導正為止。舉一個例子，德國在第一次世界大戰上失敗，背負許多巨額條款，但是德國人沒有自暴自棄，到了納粹上臺時期德國又再度恢復以往的光榮，即使二戰再敗，德國依舊堅持努力修正而成為歐洲第一。華人實在應該向德人學習，我們也可以成為東方的霸主，而不能像日人、韓國人一樣逃避失敗。

遊戲王主義不相信有靈魂，因為沒有直接的科學證據顯示靈魂的存在。但常常有人「目睹」了不尋常的狀況，也有人出現過「瀕死經驗」，看到「死後的世界」，其實這些事情不能證明人有靈魂，反而是量子糾纏現象。何為量子糾纏？在量子力學裡，粒子在彼此交互作用後，各個粒子所擁有的特性已合併成為整體性質，也就是觀測一個粒子可以得知其他粒子的狀態。如果在巨觀世界也會發生量子糾纏現象，那人的大腦裡的量子可能會和宇宙中「某些東西」產生量子糾纏，進而使人類產生「瀕死經驗」，或是看到「不尋常」的東西，我們卻誤以為是因為「靈魂」的關係，事實上只是人類目前無法使用儀器測量的量子糾纏現象。宇宙其實是一臺電腦，任何事物所經過的痕跡都會被記錄下，也因此我們可能回到過去，就像尋找電腦記錄一樣。但是我們無法真正通往未來，因為「薛丁格的貓」的理論，即使探查未來，也不會是正確的「未來」，任何干擾都會擾亂「未來」真正的樣貌，換句話說我們即使使用時光機「走到未來」，也會去未來的平行世界，不可能到原本的未來。

遊戲王主義如何看待殺戮

殺戮，是一件解決生物生命的行為，常常在動物之間的鬥爭上看到，而人類也會執行殺戮，在人類的道德當中，殺人是不允許的行為，但是殺人類以外的物種是可以的，例如牛、羊、豬等等的家畜，甚至屠殺昆蟲都不在人類的道德當中。事實上規定「完全禁止殺人」這件事本身的邏輯是錯誤的，會這樣想的人通常是沒有看透人性的蠢材，又或者是看清人的本性但不願意承認的人，人和人之間一定會發生鬥爭，而鬥爭的盡頭會產生殺戮，所以要所有人完全不去殺人是不可能的，那麼既然無法避免殺戮，那怎樣的情況之下執行殺戮是比較適當的？如果一個人在非不得已的情況之下殺人，而且執行這個殺戮是為了整個民族、國家甚至全人類的福祉，那這種殺戮是可以被接受的；相對的，如果執行殺戮是為了滿足自我的慾望或是無意義的殺戮，那麼執行殺戮的人最後將付出代價，原因在於做任何事情都要付出代價，就像付錢買東西是一樣的道理，如果無法證明執行這個殺戮行為可以有利於整個民族、國家或是全人類，那就會把殺人的「欠款」轉移在執行殺戮的人身上，這樣的法則才符合「經濟學」，畢竟殺人本身是一筆很高額的買賣，要符合「比例原則」的去執行殺人才是公平的道理，但請注意，最好是把殺人當作最終且不得已的選項，否則稍有不慎可能就會因「不正確」的殺人而付出代價。

雖然人類活著本身沒有什麼意義，但既然活著那就要積極的活下去，因為這樣才符合經濟法則，當然人也是可以選擇自殺，但這樣也不過是證明那些自殺的人本身是沒有存在的必要性。人活著雖沒什麼價值，但是輕易去結束自己或別人生命的人是要付出代價的，除非你能證明這個殺戮是有利於大眾的，舉一個例子，在病嬌模擬器當中的女主角是會執行殺戮的行為，但是這個殺戮行為是為了除掉女主角的情敵，所以這時候我們就必須觀察這個殺戮行為是否必要，就以女主角本身的情況來看，得不到她所愛的「學長」就會精神崩潰而死，所以女主角有得到「學長」的必要性，接下來是手段，女主角要在一個星期之內阻止情敵向學長告白，但是有「和平」的手段可以說服情敵放棄學長，所以沒有符合不得已的緊迫情況，最後是動機和回報性，如果病嬌模擬器的女主角殺人，那有沒有符合適當性？答案是沒有的，因為以動機來說女主角是為了得到學長，也是為了自身的「慾望」，而以回報性來說殺了情敵並不會使社會得利。所以結論來說，如果女主角殺人那女主角將會付出應有的代價（除非女主角真的被人意圖謀殺而做出自我防衛的鬥爭而陷入不得不殺的情況），話雖如此，撇掉殺人的部分，女主角敢於追求自己的所愛也是令人值得敬佩，畢竟對女主來說這是攸關生存的一場鬥爭，不豁出去只能等死，當然只能進行生存鬥爭了。

不只是病嬌模擬器連槍彈辯駁也是一個例子，在槍彈辯駁自相殘殺學園時期當中，所有參與這場「死亡遊戲」的學生一律都是「平等」的，為何要這麼說呢？因為一旦有人殺了另外一個人就必須開始班級審判，直到一個學生被認定是兇手而結束這場班級審判，身為殺了人的兇手就有可能因為自己「不正當的殺人行為」而付出代價，畢竟想逃出去就要在不被發現的情況之下殺人，很多在這場「死亡遊戲」殺人的兇手有很多的原因都是為了自己的私慾，當然最後都逃不過制裁而被處刑。在槍彈辯駁這部作品當中可以發現犯下「謀殺」的兇手最後都逃不過制裁，因為犯下謀殺的兇手都是為了自己，即使一開始的動機好像是要「幫助」大眾，但仔細一看最後都是為了自己，當然會付出應有的代價。在現實世界當中有一件很有趣的事情是人會白死但不能去白白的結束其它人的性命，人之所以會平白無故的遭遇死亡是因為人類活著沒有太大的價值，而隨便殺人且不受制裁也是不可能的，因為實行任何行為都是要付出「代價」的，包括殺人，只有這樣才能符合自然界物質流通的定義，人類社會也逃不出這樣的法則，所以才會有經濟學的存在。

遊戲王主義如何看待安樂死

安樂死是一種快速解決重症病患痛苦的死亡行為，通常用在植物人、癌末患者、垂死的老人。其實安樂死可以在本人意識清醒同意之下簽定，在當事人長期昏迷達到十五年時執行安樂死，一旦執行安樂死將終結當事人的生命，以消極安樂死和積極安樂死為選擇，消極安樂死是醫生放棄治療，將外部維生儀器拿下，使患者因身體因素而自行死亡，積極安樂死是向患者施打毒藥，快速使患者心臟休克而死。安樂死是一件很有意義的事情，不但快速結束患者的痛苦，還可以節省醫療資源，真是一石二鳥的方法啊！其實安樂死還有其他用途，因為這個社會上的病痛不只在身體上，也在思想和精神上，有些人生活的很痛苦，受大量債務而困，或是發生太多悲劇而生活不下去的人，例如在一場意外而失去所有愛的一切之人（家人全死），又可能是思想變態的動漫迷或同性戀，以上的這一些人都可以執行安樂死，來早早結束他們的痛苦，因為對於某些人而言生活是如同地獄一般，或許他們沒有發現，但事實他們過得很慘，我們應該幫助他們安樂死以減輕他們的痛苦。

遊戲王主義對器官捐贈的看法

全世界有許多病患是需要新的器官，尤其對腎臟需求更大，所以器官捐贈就顯現的非常重要，但是很多人死後總是認為要留「全屍」，因為基於宗教或道德因素而不願意留完整可用的器官，這實在是非常愚蠢的事情，因為人沒有靈魂也不會有死後的世界，完全不用擔心「後遺症」，也就是說器官捐贈對死人根本沒有影響，因為人一旦死去就真正消失了，你的意識會在大腦停止運作後而消失。事實上，器官捐贈不但對死人沒有影響，還可以使人往真理的路更往前一步，為何要說往真理的路更往前一步呢？因為克服宗教和道德會使人類的思想進化，當你突破宗教和道德甚至是迷信的恐懼而進行器官捐贈時，你就是理性的人類，當然也有些人即使捐贈器官也無法是理性之人，例如動漫迷或國家民族的罪人等等，他們捐贈器官也只是償還自己的愚蠢和罪孽而已罷了。這個世界上所有死亡之人應將自己身上所有可用的器官捐贈出來，除了一些患病的人或得癌症的人不能捐，其它人生前應該大膽簽下器官捐贈同意書，如果這件事真的能在東亞實行，那東亞的醫療負擔會大大減少，也會拯救更多人的未來和生命。

遊戲王主義的科學
理性論

以遊戲王主義來說，認為人應該抱持著理性的態度。因為世界上的所有事情都是有法則的存在，即使是旁人眼中的「突發事件」，背後也有「機率」和科學原理所導致。遊戲王主義認為人的恐懼是來自生物的生存本能，也算是一種大腦的缺陷，這時應該試圖以理性壓制恐懼。畢竟，在面對危機時人類更應該理性思考存活的策略，一味的恐懼是無法生存的。另一種以理性所解釋的問題是「人生無常」，人總是對身邊的愛人死去感到悲傷和恐懼。以理性的觀點來看，生物會死亡，只是不知何時死去，而如果死亡是「突發狀態」時，人的精神狀況會受到強大的衝擊，感到無助的絕望。遊戲王主義認為如果將人的生命看得不如此重要，以理性面對死亡，那世界的「無常」將大大減少。我們這些遊戲王主義者和華人應該將重點放在國家和民族以及人類社會的進步，而不是把重點放在個體的生命，如此一來人類可以更往「真理」靠近一步。

遊戲王主義的無神論

遊戲王主義是一種唯物主義，當然對「神」的存在抱持極大的否定，也就是說，遊戲王主義否定神的存在，認為世界上的萬事萬物都有它的定理，就連「靈魂」的存在都被遊戲王主義所否定，更何況是「神」的存在。人類沒有直接證據說明有「神」和「靈魂」的存在，事實上一個事物如果要證明它存在，這個東西要被偵測到，但是「神」和「靈魂」連被偵測到的證據都沒有，這說明「神」和「靈魂」只是人類大腦所幻想的事物而已，而人類總喜歡把量子糾纏特性所發生的現象誤認為是靈異現象，事實上就連人類肉眼都有可能發生相對論的視覺誤差，只是人類本身感覺不到而已，也就是說歷史上的「靈異事件」都是相對論的感知誤差或是量子糾纏特性所產生的，也難怪古典物理的儀器無法偵測這些現象，也就被大眾誤以為是「鬼魂」出沒了，也有一說認為，那些人所看到的「神」或「靈魂」其實是過去的景象，當事人和過去存在的事物產生量子糾纏，也就看到過去的殘影。人類對於物理學目前以可偵測來說，光、時間和重力是三大物理難題，一旦解開這三大難題，或許就可以完全破除對「神」和「靈魂」的迷思了，到時候無神論將得到完美的證實。

遊戲王主義對宗教的看法

真理不在天堂和地獄，只在科學當中。遊戲王主義從不認為有死後的世界，也因此大部分宗教是被遊戲王主義所否定的。伊斯蘭教是非常噁心的宗教，古蘭經所寫的熱愛和平都是穆斯林為了哄騙其它宗教的人或科學家所下的謊言，穆斯林的最終目的是為了發動聖戰統一世界，建立邪惡的伊斯蘭世界，這一點和動漫迷很像，他們都是假借和平來壯大自己，等到實力足夠就發動戰爭來毀滅其他種族，最後破壞全人類，使人類文明倒退。這是伊斯蘭教的罪行，其它的宗教也很糟糕，尤其是信仰多神的宗教，「神」其實是人類將真理具象化的一種表現，怎麼會有多神呢？事實上，這些多神信仰裡面的「神」不是真神，只是一個超能力者或外星種族，這些愚蠢的信徒竟然放下人類的優越性去臣服下這些虛幻的東西上，實在可憐。事實上人並沒有靈魂，我們的意識就只是大腦「開機」而已，有些人自認為自己見識到超自然事件，事實上也不過人類腦波出現過渡反應。這個世界不過是以規則和數學建築而成的，不太可能出現矛盾，看似奇特的現象背後都有它的原理。

宗教是人類舊時代的產物，在人類還未接觸到科學以前，人類對任何事物都是感到恐懼的，最主要的原因是生物為了生存而製造的機制，用於對任何未知的事物產生防備的心態。早期的人類因為沒有科學理性的觀念，又生活困苦，所以希望找到一個能心靈寄託的東西，這時候便出現了「宗教信仰」這種東西，以一個眾人寄託希望的萬能存在來滿足眾人，所以「神」就出現了，這些「神」在現在看來就是超能力者或是外星種族，根本不是「真理」。宗教因為不是以科學理性為出發點，所以最後都出現腐敗和迷信，以馬克思主義的觀點來看，宗教是人類的唯心主義的創造物，以臺灣為例子，臺灣人普遍被宗廟文化所束縛，一個臺灣的不良少年只要天天去廟裡拜拜，附近的街坊鄰居就會說這個不良少年是好人，這是多麼奇怪的道理，並沒有客觀的證據可以說明這個不良少年改邪歸正，還有其它奇怪的傳統儀式，雖然可能這些傳統儀式一開始的本意並不壞，但是後都淪為僵化的儀式和迷信的象徵，最可怕的地方在於即使科學時代來臨，人類對於這些迷信的事物還是不敢反抗，因為迷信已經深植人心了，目前高度脫離迷信的民族只有中國、俄國和德國人而已，連歐美西方國家都還是保留部分迷信，唯有發動暴力的社會革命才有可能使人完全脫離迷信。

遊戲王主義的人性實驗

中國的文化大革命是東亞的第一次人性實驗，雖然過程當中很慘，但是中國人的劣根性在那之後就消失了，從此走向強盛、真理的道路，可見人性實驗對東亞是非常有意義的，如今東亞可能需要發生第二次人性實驗，只是實驗地區不在中國，而是在日本、朝鮮、臺灣這些地方，這些地方的人已經因為本身的劣根性而墮落，甚至到其它地方進行滲透（例如日本用動漫洗腦全世界的人），所以這些地方非常適合進行人性實驗，如果可以從這些地方實施並找出人類的劣根性，將對人類社會造就極大的貢獻。一直以來，人類社會都是因為實驗而進步，但是即使我們對科學追求的如此先進，在人性上卻一無所知，心理學家和精神病醫生都無法找出人性的根本性，因為他們沒有進行真實、大規模的人性實驗，當然找不出人性的真理，可能要使用量子技術模擬加上大規模的人性實驗才能解決劣根性。日本、朝鮮、臺灣甚至是香港如果實施人性實驗，那這些地區將得到救贖，總而言之，人類實施愈多人性實驗，離「神」的距離就愈近，就像科學實驗發現到定理，從而離真理愈來愈近。

從以前到現在的科學家，他們所在人性上的實驗不過就只是「巨觀」的人性實驗而已，沒有科學家以微觀尺度去分析人性，自然就找不到人性的真理。什麼叫巨觀的人性實驗呢？答案是心理學家和精神科醫生一直在做的事情，他們只會從社會上發生的事件去解構和分析人性，也就是以旁人和外部的眼光去分析人性，事實上是錯的，因為人性是在各種不同的因素下糾結形成的，就好比使用古典電腦去模擬現實是一樣的道理，而哲學家雖然以內部去解決人性問題，但是他們的程序不嚴謹，沒有一定的科學基礎，所以得到的結果是不統一、不精確的。現在在量子物理研究開始發達的時代，科學家可以在有大數據的背景下大規模的演算人性的因果問題，就如同量子糾纏特性是相似的道理，當然人性的發展受到量子糾纏的影響，環境的各種不起眼的因素也會造成人性的「蝴蝶效應」，想要解決人性問題，必先解決量子問題，至少在現階段我們可以使用大規模的資源和實驗去試出人性的數據，得出的數據或許可以解決部分人性問題。

遊戲王主義對教師的看法

「老師」實際上是學生對教職人員的一種尊稱，在古時候確實出現教育各種知識的人存在著，於是被他教育的這些人都尊稱他為老師，事實上，學習和教導之間存在供需關係，而「老師」這個工作也是在販售自己的「知識」給學生，所以其實「老師」也算一種變相的商人，只是販賣無形的知識。在以前「老師」這個職位還甚至是資產階級的一部分，在社會上還有一定的地位在，即使到了現在「老師」對學生大致上來說還是上與下的關係。對於遊戲王主義來說，傳授知識應該是身為人的義務，教職人員的存在意味著這個社會把「傳授知識」當成利益的考量，也是資本主義殘害人類道德的一種寫照，更反映出這個社會對於教育政策不夠徹底，況且有些教職人員對自身是沒有道德限制的，常常發生導師利用職權壓迫學校或學生的利益以及自由，侵占公款、性侵學生是常有的事情，畢竟資本主義把「老師」變成賺錢的勞工，自然這種不當事件會一直發生，那麼解決的方法是什麼？政府不應該支薪給教職人員，而是訓練一批教育的菁英人士以定期分發的方式免費教育學生，而每個教育人士分發的學生人數只有十人，以大大減輕教育人士的負擔，但是一旦實施這種制度，全國的教育體制會重新進行編制，可能會面臨混亂期，也可能導致學校體制的瓦解，雖然如此，但這是一種嘗試，一種對現有資本主義教育體制進行革命的一種嘗試。

既然要教師制度進行革命，那就必須重新設計新的教育制度，如果當教職人員無薪水可領，那會有人繼續教育學生嗎？答案是肯定的，只是會很辛苦，所以革命的任務在於設計一項新制度保障這一些免費教育學生的偉大英雄。首先，政府要設置「中央教育委員會」，這個「中央教育委員會」專門徵收國家所有的知識菁英，並且強制訓練這些知識菁英有教導學生的能力，使通過訓練的知識菁英成為「中央教育委員會」的委員，這些委員主要的工作是當知識顧問或研究人員，而每個委員定期會去學校「擔任導師」一個學期，要注意的地方是「擔任導師」是義務，所以政府和學校以及家長是不會付錢給這個「導師」，雖說如此在教育委員擔任導師是會被政府「算分數」的，一旦被發現教育委員教學生出現重大問題或是學生素行不良嚴重發生，那政府就會開除教育委員，當然通過政府訓練的教育委員通常實力優秀、品性高潔，不太可能發生怠慢行為或違法亂紀的問題。而教育委員這個職位是有很多薪水的，但卻不是因為教育委員「擔任導師」，而是身為研究人員和顧問的因素，「擔任導師」不過是教育委員的義務而已罷了。這樣的制度一旦實行，就可以取代「教職人員」了，也可以打破教師階級產生的社會問題和壓迫，也能真正落實義務教育了，不管是學習還傳授知識給別人都得到真正的平等。

遊戲王主義如何看待醫生

醫生，是一個具有人類身體科學的技術人員，這些醫生還分成不同的形式，有醫治病人的、也有研究人體科學，甚至有些醫生還參與生物科技。一般來說，大部分的醫生都偏向勞工階層，只是這些醫生是處於高知識的勞工，他們付出勞力去救治病人，很多人總認為醫生的存在是為了救治人類，事實上並不完全如此，醫生真正要做的事情是找出人類的真理，不管是身體上還是心理上，醫生都要像一個瘋狂的科學家去尋找真理，尤其在人性實驗上，因為人性實驗是最有效找到人類真理的一種實驗，在歷史上稍微有接觸到人性實驗的醫生是納粹德國時期的納粹醫生，這些醫生跨越人類的道德障礙去發掘人性的真相，如今的醫生卻只想醫治病人的身體，卻不願從根本上解決人性的問題，難怪醫生這個職位愈來愈像勞工了，現在的年輕世代當醫生只是為了錢以及救人的美譽，這些草包醫生不敢冒險進行人性實驗，實在是醫生之恥。遊戲王主義認為一位真正優秀的醫生是會對人體科學進行大量試驗從中記錄和發掘真理，把得出的結果實行在軍事科技以及生物科技上。

遊戲王主義的菁英論

對遊戲王主義的世界來說，真正的菁英是什麼定義？而這個世界實際上要多少「菁英」，才會使社會走向正確的道路。所謂的「菁英」是指不論在思想還是能力上都是優秀的人，而且這些人對未來有著遠大的抱負，有可能是為了人類的進步，又或是國家民族的福利，最好是要有突破的前衛科技的想法，舉一個例子，普朗克這種人，他們這些科學家開創量子物理的大門。在政治上，馬克思和希特勒開創了新的政治思想和體系，對人類社會造成新的思想突破。遊戲王主義認為，最完美的菁英份子除了思想和能力超出常人以外，還要完美實行遊戲王主義，而遊戲王主義者就是典型的「菁英」份子。當然除了遊戲王主義者以外那些為國家民族奮鬥的人士，也可以是菁英份子，當然前提是這些人的實力不凡、人格高尚，如果是一個無能的人高喊國族主義的口號，一定會被大眾所鄙視，就像有些動漫迷明明是為了自己的利益而高喊國家的口號，真是令人感到無比噁心，可怕的是東亞有太多這樣的人了，如果不解決這些亂源，東亞以後就逐漸沒有菁英份子了。

遊戲王主義如何看待唯物和唯心論

人類對於物質世界的哲理分成兩種，「唯物論」和「唯心論」。如果以大自然的物理發展來說，使用「唯物論」是正確的解釋，因為世界上的科學定律是以物質和物質之間相互影響，目前尚未發現有「超自然」的力量干涉物質定律。但是，如果想要解釋「人類社會」，唯物論就沒有絕對正確了，因為「社會」是人和人之間相處所建立的，絕不是完全因為物資所規劃的，人的思想大大影響了社會的發展。換言之，「人類社會」是思想與物質之間交互的產物，再往下說馬克思只說對了一半而已，人類的鬥爭不只是因為私人物產而起，也是因為人類的思想沒有趨於統一，以東方社會為例，日本在二戰使用神風特攻隊對美國展開自殺攻擊，明明知道如此的實力打不過美國，卻依然執行無意義的自殺攻擊，從這種例子可見人類是會做出毫無意義的事情，而非完全以「唯物論」所說的是因為物質經濟引發人類的行為，不過，雖說人類社會會受到思想的影響，但是大部分的歷史發生的大事是因為社會經濟所引發的。對於人類社會的進化看法，遊戲王主義認為唯有將人類的思想往正確的方向統一，並推翻「不合理的私有財產制」，才可能再使人類社會往下一步進化。

而遊戲王主義所認同的價值觀是「唯物主義」，而唯物主義者是奉行「九成唯物一成唯心」的人。人並非完美的存在，因為人類本身的缺陷而導致人類無法做到「完全唯物」，只有人工智慧才能做到「十成唯物」，也就是指人工智慧可以完全做到根絕慾望，既然人類無法根絕慾望，那只好做到「九成唯物」的程度了，人類的那一成唯心的部分是慾望，我們只能把精神的唯心壓到一成，所有人類的情感、娛樂以及各種牽涉到精神層面的部分都壓到只剩最低限度，這就是一個思想解放的人。在唯物主義者的定義當中，有九成的事物都是以唯物務實的眼光去理解和分析，只有在極少量的個人精神層面才會是唯心，但事實上是連個人的精神層面也被「唯物」的眼光看待和分析，所以說那「一成唯心」的部分必須得到規範，否則唯物主義者將不再是唯物思想，而逐漸成為唯心主義者。以一個人類的思想來看，如果把人的思考分成十個等級，唯物主義者的唯物程度為九或是八，而等級六和七的人不能稱為唯物主義者，只能稱為具有理性思考的人，唯物程度在五和四的人是一般平凡之人，而等級三和二的人是唯心主義者，動物的唯物程度只有一，也就是「九成唯心、一成唯物」。以上這一些分類就是以數值來大概表示一個人的唯物程度。

一個人的思想是會受到其它事物所影響的，「唯物程度」也會因為接觸到其他的人、事、物而有所改變，例如今天一個「六成唯物」的人看了一部「唯心主義」思想的電影，那個人的「唯物指數」可能就下降到五以下，有可能只因為一些強調唯心論的作品而導致這個人從正常人變成「唯心主義者」。所以說為何人類要管理好自我的精神部分？為何要嚴格認定某些遊戲、動畫是可以給人玩的或是不能給人玩的？答案是這些「唯心」思想的作品會對人造成精神汙染，甚至有毒品一般的成癮性，如果放任這些唯心作品到處橫行，就算唯物主義者不被影響，其他正常人也會被這些唯心作品洗腦，最後使整個社會走向集體精神沉淪的悲慘結局，所以我們必須嚴格定義那些作品是帶有很大程度的唯心思想！進而消滅或限制這些唯心作品，遊戲王主義是唯物主義的一種，強調科學理性的重要性，遊戲王主義認為如果一個人連精神層面的東西都能以唯物理性的眼光去看待，那就可以做到真正的唯物主義，成為看透一切事物的唯物主義者，當然唯物主義者之所以能看透一切就是因為使用科學理性的角度來觀察萬事萬物，這是一般人和抱有唯心思想的人永遠都做不到的事情，只有抱持唯物主義和科學理性的態度，人類才有可能富強並持續進步。

遊戲王主義的思想

大同論

在民主國家的人民，因為思想不受限制，所以人民總是會胡亂思考。事實上在思想自由的國家你會看到很多「亂源」，因為這些國家有很多人其實素質不好，當一個人素質不好，這種人不管是做什麼或說什麼總是很沒水準的，像有些歐美民主國家（美國、義大利），或是亞洲的民主國家（日本、韓國、東南亞），都有太多低水準的人，就是這一些人拖垮國家，也造成社會問題。如果你在網路上就可以看到有許多網友散播假的訊息或攻擊別人，這些網友都是一些沒水準的人，其中有一些甚至是動漫迷或是啃老族，只使用自己家中的優渥資源然後不務正業或不事生產，這種事情就是社會問題的起源，國家民族的恥辱。鑑於這種事件，遊戲王主義提倡「思想大同論」，認為一個國家民族（尤其是華人）應該思想往正確的方向統一，如果人民的想法很高尚又一統，這個國家、這個民族就會團結而強大。正確的方向是理性、科學以及對人類社會造成思想上或科技上的重大突破，如果華人和遊戲王主義者都往思想正確及統一的方向前進，那人類將永不墮落。

遊戲王主義如何看待同性戀

「同性戀」，在遊戲王主義當中是不認同的。這裡所談論的「同性戀」是指廣泛的同性戀。最簡單的講法是除了異性戀以外的所有戀情，包含雙性戀等等都算「同性戀」的範圍，即使「同性戀」是少數族群才有，但是這個想法可能會使社會產生歪風。自從臺灣開始解禁同性戀法令，有部分網友開始承認自己是同性戀，又或是支持同性戀，像「腐女」就是一個例子。遊戲王主義認為「同性戀」並不道德，雖然「同性戀」不是罪，但是這種特性並非是生物體正常的行為。生物如果要傳承自己的基因就必須繁衍後代，「同性戀」者本身就放棄自身基因的傳承，這樣是違反常理。也就是說同性戀者的大腦可能發生變異，造成他們喜歡同性的人，而「雙性戀」是指不論男性或女性都會喜歡上，即使雙性戀喜歡異性並繁衍後代，也無法保證下一代不會出現「同性戀」或「雙性戀」的特性。總而言之，無論是同性戀或雙性戀都有可能對一個道德高尚、思想清明的社會造成困擾，唯一的解決方式是將其「滅絕」。

遊戲王主義如何看待「動漫」

雖說「遊戲王」算是動漫的一種，但是「遊戲王」是超越動漫的存在。「動漫」這個東西在遊戲王主義當中是極其不認同，除了少數作品是值得保留的。在這裡先提出值得保留的系列（以目前來說），以後有可能會增加或刪減。作品有：遊戲王、槍彈辯駁、苦戀（病嬌模擬品）、女神異聞錄、惡狼遊戲、點餐請洽偵探。這裡所說的「動漫」包含動漫遊戲、動漫小說。「動漫」的定義在於動畫和漫畫。遊戲王主義認為大部分的「動漫」會造成人性的墮落，首先「動漫」裡面的「想法」很多都是無意義的、不健康的。「動漫迷」是一群依賴動漫的人，在遊戲王主義者眼中「動漫迷」其實跟動物沒兩樣。動漫迷將自身的寄託投放在「虛幻的動漫世界」當中，男性的動漫迷通常很多會物化女性，幻想不正經的色情活動。如果很多人都像動漫迷一樣，人類的文明便會倒退。一個國家會出現「動漫迷」通常是國家影視產業發達、人們抱持小確幸或是依賴性的娛樂行為才會發生。「動漫迷」在家觀看動漫作品的時間都可以用來思考哲理、發展科學了。要細數「動漫迷」

的不是實在太多了，而就以整體而言，「動漫迷」是沒有存在的價值。

動漫迷有分成廣義和狹義的定義，以狹義的定義來說，一個人長期觀看動漫、宣揚動漫作品裡面的各種事物、大量購買動漫周邊商品、對虛構的動漫角色產生色情的想法或投注不正常的感情在一個或多個虛構角色身上、對於動漫迷以外的人產生人際恐懼，常說一些屬於動漫作品或是「宅」文化的語詞和玩笑話、角色扮演動漫角色、肢體動作出現動漫作品或是「宅」文化裡面的特定動作，如果以上這些事情有符合一項或是多項以上，就很可能是動漫迷，而最可怕的一點則是「廣義的動漫迷」，以廣義的定義是，有玩動漫作品相關的遊戲、手機或電腦封面出現動漫作品相關的圖片、認同或支持動漫作品衍生出的思想、偶爾去遊戲機臺夾贈品或玩機臺遊戲，這以上的事件乍看之下似乎無害，但事實卻是動漫已經以各種形式入侵一個社會，就像吸食毒品是一樣的道理，人一開始吸食毒品都是以微不足道的劑量來吸，最後就成了脫離不了毒癮的吸毒者，最可怕的事情在於動漫迷每天定期「吸食」動漫，這些動漫迷還每天固定定量看動漫（追動漫劇），就和吸毒者每天都要吸定量的毒品，而且每過一段時間吸食的量就會增加，動漫迷也是每過一段時間就會大大增加看動漫的數量，只能說動漫就是人類「精神思想的毒品」。

遊戲王主義反對絕大部分動漫的理由不只是因為動漫迷的所做所為，還有一個重大的原因是大部分的動漫思想是唯心主義，而不是唯物主義，在東亞的歷史當中東亞人常常以唯心主義看待一切，這種現象造成東亞人的思想不夠務實和理性，長期以來也就造成文明的衰落，舉一個例子來說，中國歷史上漢朝和清朝特別開明和強大，最主要的原因在於實施唯物主義，人民和國家菁英都以理性和務實為主，自然國家就強大；宋朝和明朝則特別衰弱，但要注意的事情是這兩個朝代的經濟和軍事力量也有一定水準，那為什麼實力總贏不過長城外的野蠻民族呢？宋、明兩朝的人民不愛國嗎？事實上，宋、明兩朝的人民愛國程度是中國歷史上所有朝代當中最強的，但是即使人民非常愛國也是沒用的，因為「理學」害了宋朝和明朝，所謂「理學」就是宋朝和明朝唯心主義的具體實現，有點和現代日本動漫文化有很大的相似處，不論如何一個民族如果大力實行唯心主義，最後一定慘遭衰亡，而動漫的思想大多是唯心主義，自然是不應該繼續存在的事物，不能再放任動漫禍害人心了。

遊戲王雖然有出動漫，但不是以動漫為主，動漫只是將遊戲王思想明確的表達出來，使世人能理解遊戲王。遊戲王主義固然不認同動漫，因為動漫產生太多奇怪的東西了，會腐化世人，不過還是有少數作品是值得尊敬的，例如槍彈辯駁就是一個偉大作品，可以使人發覺人性的真理。大部分的動漫作品很多都是兒童色情、同性戀、人獸發生關係還有亂倫的題材在裡面，對人類造成的思想破壞實在太多太多了，而動漫迷想要以動漫的名義建立奇怪噁心思想的動漫世界，在大東亞地區已經在日本、韓國、臺灣和香港產生可怕的洗腦力，這對東亞人的民族性產生極大毀滅，動漫迷無疑是人類文明的毀滅者，如果不想辦法制止，東亞人會亡國滅種，絕不能讓動漫迷為所欲為。華人、西北歐白人、俄國白人、盎格魯薩克遜人、印度的雅利安人以及遊戲王主義者是人類文明的創造者，他們總是為人類社會帶來貢獻；印度的其它種族、東南歐白人（不含俄國）、南美白人、猶太白人（和白人混血的猶太人）是人類文明的傳遞者，他們主要是把文明傳遞到其它地區的普通人，而剩下的種族就和動漫迷一樣噁心。雖說華人當中會有少數敗類、動漫迷當中也有極少數優秀菁英，但那也只是少數意外，大部分的動漫迷是敗類，而大多數的華人也還如此優秀。

遊戲王動漫、槍彈辯駁動漫以及病嬌模擬器遊戲都是唯物主義動漫，雖然這些作品當中有牽扯到部分唯心主義，但大多數的劇情走向以「唯物主義」為主。所謂的「唯物主義動漫」主要以「九成唯物、一成唯心」的標準來看待，遊戲王主義是可以接受部分唯物主義動漫，目前大概只有「遊戲王」、「槍彈辯駁」以及「病嬌模擬器」和「夜光」被遊戲王主義認可的唯物主義動漫，其它的動漫基本上來說不是垃圾劇情就是唯心主義動漫，應該消滅其它噁心死宅的動漫，以淨化這個社會沉淪的思想。大部分的動漫迷（動漫死宅）是看了太多唯心主義動漫以及垃圾劇情動漫才會變成變態，雖然動漫迷本身精神狀況就出問題，但看更多唯心主義或垃圾劇情動漫會使動漫迷自我陶醉在虛幻世界，最可怕的地方在於這些動漫迷竟然毫不羞恥、理直氣壯的洗腦其它正常人，說什麼動漫有益身心健康？這根本不是精神正常的人會說的話，瘋子總不會有自知之明，動漫迷也是如此，既然如此我們就應該送動漫迷到精神病院接受治療，如果治療不成就應該幫動漫迷執行安樂死，不能再讓動漫迷像精神病患一樣禍害人心了。

就連「遊戲王動畫」本身是不是動漫也是有爭議性，因為在多數「非遊戲王玩家的動漫迷」當中他們不認為遊戲王是動漫，換句話說，多數動漫迷不認為「遊戲王」是一部動漫，而是一部卡牌遊戲的系列作品，對動漫迷來說，一部「真正」的動漫是暴力、色情、精神汙染、亂倫等等的題材才算是，而且還要是「唯心主義動漫」，也就是不以現實狀況為考量，而以幻想世界做為主體、也沒有太多教育意義的動漫，這才是動漫迷心中的「動漫」。而遊戲王的動畫實在太過現實和太多正向教育意義了，更是鼓吹革命的作品，所以動漫迷非常討厭遊戲王這部作品，因為會對動漫迷非常不利，事實上，遊戲王動畫所體現的革命思想不只對抗動漫迷，也對抗所有壓迫人民的邪惡事物。舉一些遊戲王卡象徵的東西，「融合召喚」是指融合世界的一切，做為世界大同的先驅意志，「同步召喚」是指遊戲王將和世界文明同步並往下一個進步區前進，「超量召喚」是指遊戲王主義帶人類走向更高一階的進化，「擺動召喚」是指遊戲王主義將使人類思想趨於和諧，就如同鐘擺和鐘擺之間的「同時性」，而「連結召喚」是指萬事萬物都因為「量子糾纏」而出現相互影響，最終使所有萬物連結在一起；「解放召喚」是指遊戲王主義解放人類的思想，使人類往唯物理性的方向前進。還有很多出現在遊戲王作品裡的象徵意義，只是有太多說不完了，但可以理解的地方在於，遊戲王作品是人類文明的珍貴產物，也教導人類走向正確的道路。

雖說遊戲王動畫裡面的主角和男二、男三感情太好，但是他們離「同性戀」還有很大的距離。因為他們只是感情好而已，並不是有「愛情」成分在，以女性的眼光來看，不過是「閨蜜」的程度而已。有時候在遊戲王動畫裡，男女主角的感情看似不聯絡，但其實這是正常的，因為現實世界當中通常人會和同性成為好朋友，而和異性總是存在一種隔閡。例如，有些玩笑話只有男生之間才理解，如果跟女生說可能會不適當，甚至尷尬，反之亦然，女生也會有專屬女生的私人玩笑，男生也許聽不懂。遊戲王動畫向世人表達許多道理，其中一項是我們可以從主角和第二男主角以及第三男主角當中看到兄弟一般的情誼，進而克服困難。遊戲王主義當中的團結克服困難、堅定自我的意志也是從遊戲王動畫衍生出來的。消滅惡敵、貫徹理念是遊戲王主義重要的價值觀，在每次遊戲王世界出現危亂之時，主角總是打敗敵人，守護遊戲王決鬥者的信念中可以看到。只要是遊戲王主義者都應該堅守遊戲王主義。

遊戲王動畫有太多偉大思想，從第一代到之後的遊戲王動畫都是主角和一群菁英份子向反派進行思想和行動上的鬥爭，最後對世界產生極大的影響，在現實中遊戲王主義者也和世界上的敵人進行鬥爭，最後也將建立一個理想的世界。在遊戲王第三代的動畫（遊戲王5DS）當中，主角出生在低層社會，但是主角使用自己的才能脫離失敗，並且使低層社會的人活出尊嚴，他弭平上層權貴和下層工人的隔閡，試圖建立一個平等的社會。這是一個其中的例子，而另一個遊戲王主義的思想體現是在第五代（遊戲王arcv）當中，融合次元的軍隊向全次元進行侵略，以進行次元統一，達成全新的偉大世界，在現實中戰爭很可能無法避免，發動戰爭雖然殘酷，但是對理想的輸出是非常有利的，在戰爭時期會使人類表現出英勇，也可以知道誰才是人類的敵人，進而清洗敵人，達成大同世界。大部分的動漫迷在國家和民族需要他們時，動漫迷總是逃離戰場或是進行搗亂計畫，最後這些偉大的民族就因為動漫迷而戰敗沉淪了，動漫迷因此就像寄生蟲一樣寄生在這個國家，控制這些可憐的人民，奉行他們噁心的動漫理念，所以華人應該要和遊戲王主義者合作抵抗並消滅動漫迷，建立一個偉大的理想世界，否則人類文明大概就要亡了。

遊戲王主義對槍彈
辯駁的看法

事實上，槍彈辯駁系列對遊戲王主義有著深遠的影響。雖然遊戲王主義反對動漫，但是槍彈辯駁是少有的例外，而且槍彈辯駁還加深了遊戲王主義的思想。槍彈辯駁的故事模式是推理解迷的遊戲，只是它加入了殘酷的生存鬥爭，在遊戲設定上，一群社會當中的頂尖人才被迫參加殺人死亡遊戲，當殺人事件發生時，其它人必須找出兇手，並且進行「班級審判」，一旦找錯兇手，其它清白的人將被迫處刑，兇手便可以利用「畢業」而得到死亡遊戲的勝利。當然如果成功找出兇手，其它清白的人將繼續遊戲，兇手則被處刑。其它清白的人將持續經歷死亡遊戲直到最後一人或二人。參加遊戲的人處於殺人和被殺之間，實在是殘酷的生存鬥爭啊！在失去記憶的這些死亡遊戲參賽者，有些人痛下殺手，又有些人被殘酷殺害，剩下的人在最後發現更悲慘的真相，那就是原本的世界已經毀滅了，而再度被迫選擇留下或出去……。只能說這大概是槍彈辯駁的故事劇情，但是如果繼續分析下去，會發現槍彈辯駁有很多值得探討的事物，有一些思想甚至衍生出遊戲王主義。

接下來會開始探討槍彈辯駁的一些思想以及如何影響遊戲王主義。

從槍彈辯駁這一部作品可以看到滿滿的「鬥爭」，不管是思想上還是行動之間。例如，「班級審判」就是清白之人與兇手之間「生存」的鬥爭，在遊戲最後主角與幕後黑手之間則是「希望」與「絕望」的鬥爭。甚至在「未來機關篇」當中的未來機關黨員也為了自己的信念進行決鬥。從這裡可以看出遊戲王也有類似的狀況，主角與最終敵人進行信念上的鬥爭。這些例子也可以用在現實，遊戲王主義者要對反遊戲王主義的敵人進行鬥爭、華人要對美國人、民族分離者進行鬥爭。人和人之間，如果思想上有不同的地方，終會進入鬥爭的局面，而人類文明也會因鬥爭進入下一個進步的階段。另一個槍彈辯駁上的思想是「堅持執行自我的意志」，不管是在主角還是幕後黑手都能看得到他們堅持執行意志，在現實上如果沒有這種決心是無法成功的，一個民族沒有「堅定意志」也會面臨墮落的可能，如今的東亞正是需要遊戲王主義者們以及所有華人奮鬥的堅定意志。

以唯物主義的方向去觀察槍彈辯駁就會發現槍彈辯駁這部作品有強烈的「辯証法」，所謂「辯証法」就是一種邏輯推算的論證方法，在兩種不同意見之下找出最客觀、最理性的選項，所使用的方法以事實、證據為基礎的，目的是要發掘真理。在槍彈辯駁這部作品當中，那些學生在班級審判當中所使用的事實和證據去找到兇手，也是「辯証法」的一種，同樣在現實社會，人類為了發掘真理，必然也是要使用辯証法去找出「真相」，有時候這個是「人性的真相」，也有的時候是自然法則的「真相」，不管如何都是要事實和證據，如果沒有事實和證據為基礎而去「想像」真相，那就是「唯心論」的一種了。常常有人分不清唯物和唯心論根本的差別，最大的差別在是否以事實和客觀為基礎，「研究人性的科學」本身以科學和客觀為基礎，當然是「唯物主義」了，那「心理學家」又是什麼？你會認為心理學家也是唯心主義者嗎？當然不是唯心主義，因為心理學家也是以科學理性的方式研究人性，當然就是唯物主義了，只是因為人性是有多種不確定性因素所組成，自然解開它的真相就比較難和複雜。

槍彈辯駁世界裡的事物可以在現實世界裡實行嗎？例如選材制度或自相殘殺模式是如何具體在現實世界實行？為何又需要實行這些東西，對人類又有何種意義？遊戲王主義一直都在找尋人類的真理，但是人性是一項非常艱難的科目，所以我們可能需要一場人性的實驗來收集數據，通常人類在自相殘殺時最會出現趨近真實的人性，實驗數據將幫助人類改造人的心靈缺陷，使人類更加走向真理。如果我們建造一個密閉式場地，把犯人或精神疾病者送入裡面，並進行監視，然後給這些人制定規則，內容是：「如果想要出去，就必須在不被發現的情況殺人，剩下存活的人必須進行討論，將兇手抓出來，如果抓到真的兇手將對兇手處刑，如果抓錯，其它人會被處刑，兇手則可以得勝離開，自相殘殺實驗將執行到最後一人才結束。」這種實驗對象可以是犯人、精神病患、動漫迷、同性戀者等等，在實驗中我們可以調整因素，例如使用錢吸引實驗對象殺人或是利用誘人的動機使其進行自相殘殺，以方便我們收集實驗數據。自殺殘殺實驗的執行將對人類的思想產生極大貢獻，是人類需要執行的計劃。

遊戲王主義對病嬌模擬器的看法

病嬌模擬器是一個遊戲，遊戲設定在日本的一所高中，有一位女孩喜歡上了一個學長，為了得到她的真愛，女主角可以不擇手段剷除阻礙她的敵人，玩家要做的事情是用各種手段去「解決」女主角的情敵。有人可能會想問，這到底和遊戲王主義有什麼關係？不過就只是後宮鬥爭的一款無聊的遊戲啊？事實上，病嬌模擬器不單單只是女主角爭奪她的所愛，因為病嬌模擬器這個遊戲牽涉到太多遊戲王主義的思想，尤其這個遊戲本身還可以應用到人性實驗上，以後就會提到應用性，現在我們繼續討論故事內容，在病嬌模擬器這個故事裡，還有一個角色是推動劇情的關鍵，她叫「資訊」，又稱為「資訊醬」，資訊醬是一個反社會的幕後駭客，她和女主角合作消滅女主角的「情敵」，資訊醬會提供各種「手段」去消滅敵人，也就是說資訊醬所使用的手段很大一部分對舊社會秩序是一種顛覆，甚至說是一種革命也不誇張。而女主角的家族世世代代都像女主角一樣，都是為了所愛而用盡各種手段去消滅情敵，有堅定自我意志而消滅敵人的決心，那怕在當世不被認同，這也是人們所需要學習的一種精神。

病嬌模擬器真的是一個前衛性的作品，為何又如此肯定的評價呢？首先，玩家身為女主角進行操作，模擬在一個虛構世界的選擇，意思是你在這個遊戲裡做得每一件事件，都會大大的影響遊戲結局，就是蝴蝶效應的體現，照裡來說一般的劇情遊戲都是照著劇本走的，無論玩家做什麼最後遊戲的劇情都差不多的，不會有太多特殊結局出現，像槍彈辯駁就是一個例子，最後的路線一定是「真結局」。但是病嬌模擬器不一樣，就算是「好結局」也沒有一定的標準，例如假設玩家希望不殺任何人來完成好結局，這時候你可以選擇第一位情敵被學長甩掉，第二位要求她放棄學長，反之亦然。為何病嬌模擬器可以做到彈性組合結局呢？因為它的操作是模擬現實世界的一切，當然就有複雜的結局出現了，這一點就有點像量子電腦模擬現實，只是是用古典電腦模擬人性罷了。第二，在玩家開始進行遊戲時，你就像人性科學家一樣模擬現實，至少是一種小型社會一樣，在玩病嬌模擬器時你會觀察到人性進而思考真理，當然以目前的技術還無法設計到微觀人性實驗模擬，雖然如此，病嬌模擬器還是一個先驅，一個以電腦實驗人性因果的遊戲。

遊戲王主義對電玩遊戲的看法

電玩遊戲是人類現代世界創造出的產物，不過卻也造成很多人類的社會問題，人類雖然需要有電玩遊戲來刺激、娛樂大腦，但有些遊戲會造成人類精神文明的衰退，和毒品對社會的影響是差不多的，而那些沉迷於電玩遊戲的患者就和毒癮者是一樣可怕的，電玩遊戲有好的電玩和壞的電玩，壞的電玩遊戲就和動漫一樣可怕，所以我們必須找出毒害人心的電玩遊戲，再進行剷除或限制，例如：角色扮演遊戲、動作冒險遊戲、音樂遊戲、牌桌遊戲、塔防遊戲、轉珠遊戲、射擊遊戲、模擬戰爭遊戲以及多人線上戰鬥競技場遊戲，以上這一些遊戲要進行管制或禁止，因為這些遊戲在一定程度上會有成癮性或是對小孩造成不良的價值思考，長期接觸這些遊戲會造成生理和精神問題，對社會也造成不良的影響。那麼要如何處理這些有問題的遊戲？方法分成「部分限制」和「完全禁止」，「部分限制」是指這種類型的遊戲雖然有不良的影響，但是對人類或社會造成的損害比較小，也就允許開放少數這種類型的遊戲，例如：音樂遊戲、牌桌遊戲、塔防遊戲以及動作冒險遊戲。

而「完全禁止」是指這種類型遊戲會有高成癮性或是對人類社會產生極大損害，必須完全禁止這種類型的遊戲，例如：賽車遊戲、角色扮演遊戲、轉珠遊戲、射擊遊戲、模擬戰爭遊戲以及多人線上戰鬥競技場遊戲。總而言之，如果要確保人類社會的穩定以及繁榮，就必須找出會危害社會的電玩遊戲並進行消除作業。

首先我們得先確切定義要如何「限制」這些被歸類為「部分限制」類型的遊戲，先從「音樂遊戲」開始定義，某一些類型的音樂不能使用，例如：動漫音樂（最主要是唯心主義系列的動漫）或是帶有不良色情內容的音樂以及宗教音樂，這三種音樂必須得禁止，否則將傷害人的思考力。再來是「牌桌遊戲」，在這裡所定義的「牌桌遊戲」是指「卡牌遊戲」方面，其它「卡牌遊戲」以外的「牌桌遊戲」不算在「限制」範圍內，只有卡牌類得到限制，也就是要限制「集換式卡牌遊戲」，唯一可以存在的集換式卡牌遊戲是遊戲王卡，其它種類的「集換式卡牌遊戲」必須禁止也不得存在，因為大部分集換式卡牌遊戲都是高成癮性而且是從唯心動漫裡衍生出的產物，如果不銷毀將危害人類社會。「塔防遊戲」也是屬於要限制的類型，目前只有「明日方舟」這部「塔防遊戲」可以得到保留，其它的塔防遊戲一律被禁止，塔防遊戲有一定的成癮性而且有一些塔防遊戲會造成人類大腦的制約，使人類無法獨立思考。至於「動作冒險遊戲」目前無法確定對人類大腦所產生的影響是什麼，但依然也是有高成癮性，所以目前依然歸類為「部分限制」。以上這些遊戲雖然不像「完全禁止」類型遊戲那麼可怕，但對人類大腦還是會造成一定的傷害，所以也還是得觀察和限制這些遊戲。

「完全禁止」類型的遊戲對整個人類社會產生極大的傷害，像某些地方就是這種電玩的受害區，例如：日本、韓國、美國、臺灣、香港以及東南亞，這些地方的人因為過度沉迷「完全禁止」類型的電玩遊戲而導致國家民族的集體精神墮落，如果人類繼續沉迷這些電玩，總有一天會步入滅亡。「賽車遊戲」是人類想要競速而創造出來的一種遊戲，最後都使人類步入無腦的電腦賽車競速，一旦沉迷在賽車遊戲大概最後也是被電腦制約了，如果人類真的想賽車，那就請購買真正的賽車去競速，而不是玩電玩賽車。射擊遊戲以及模擬戰爭遊戲這種電玩真該被禁止，因為大部分玩這種遊戲的人都是一些無腦又不敢上戰場的「軍事宅」，這些「軍事宅」不敢上真正的戰場又喜歡戰爭的刺激，所以這種有關軍事戰場的垃圾遊戲才會出現，無庸置疑這些遊戲只會使人民產生對戰爭的誤解，如果不禁止恐怕催生人類對戰爭的幻想和憧憬，造成無法挽回的錯誤。「角色扮演遊戲」是動漫遊戲的一種，很多角色扮演遊戲其實都在幫助動漫打廣告，藉此吸引更多無知的年輕人加入動漫迷的行列，這種遊戲無疑就是為虎作倀、毒害人類的一種「毒品」，特別是「唯心動漫」最愛使用這種低賤的招數去洗腦人類，所以也該禁止這種遊戲。

「轉珠遊戲」其實和「賽車遊戲」差不多，都是使人類大腦制約的遊戲，只是「轉珠遊戲」使人類像智障一樣去消除一些相似的配對物，一個人很會玩轉珠遊戲不但不會使數理能力變好，還會喪失獨立思考的能力，以結論來說應該徹底禁止「轉珠遊戲」並消滅這種垃圾遊戲。「多人線上戰鬥競技場遊戲」是所有「完全禁止」類型遊戲當中危害人類最嚴重的，而且沉迷程度也是最高的，幾乎可以說是一種精神毒品了，中毒者一天可能花上七、八個小時在這種遊戲上，很多在網咖暴斃的人是因為玩太多這種「多人線上戰鬥競技場遊戲」而導致身心受到極大的損害，最後暴斃而亡。因為同時和很多人一起玩「多人線上戰鬥競技場遊戲」，所以造成集體精神墮落，只能說這種遊戲毒性真的超強，一次遊玩也能造成多人受害，毒性程度不輸動漫對人類的危害力，當務之急必須強力銷毀這些「多人線上戰鬥競技場遊戲」。這些沉迷電玩的「電玩宅」真的是該死的人渣，如果於任這些「電玩宅」不管，真的會讓「電玩宅」毀滅人類的文明，而且有很多電玩宅的精神狀況有出問題，時常對社會做出不良的行為，很多社會問題都是電玩宅和動漫迷所引起的，如果無法使電玩宅戒掉電玩並使其變回正常人，那也只好幫電玩宅執行安樂死了。

量子技術對遊戲王主義的重要性

遊戲王是集換式卡片遊戲，比棋類複雜許多，即使是超級電腦也無法預測遊戲王卡的打法。但是現在出現了能力遠遠超出超級電腦的東西，叫做量子電腦。量子電腦可以模擬現實世界，也可以模擬遊戲王卡的打法，如果真的發生這種事情，那遊戲王卡的神聖性就消失了。所以遊戲王卡的系統必須改變，至少本身也要做到抗量子技術，使遊戲王不容易被量子模擬給征服。不過量子技術對遊戲王也是有好處的，直到量子電腦時代的來臨，遊戲王投影技術才可以實現，大規模的決鬥臺會因量子技術而出現。如果遊戲王決鬥盤真的問世，就有可能製造出投影戰爭武器，就會像遊戲王動畫裡面所寫得一樣，出現具有殺傷力的量子投影。傳統武器對遊戲王量子投影武器一點用也沒有，會進而改變人類的戰爭形態，是不能小看的技術發展。

在遊戲王動畫當中有很多應用到量子技術的例子，從第一代到之後所有的遊戲王決鬥盤投影技術都是需要使用量子技術，而第四代動畫（遊戲王

zexaL）裡面所使用的AR場地也是依賴量子電腦，經由量子電腦在AR決鬥眼鏡裡輸入大數據使玩家可以看見怪獸的幻影。另一個更先進的例子是第五代（遊戲王arcv）的怪獸實體化技術，這種技術是使投影成為實體的一種技術，利用量子技術將光量子束縛和聚集在一個特定的範圍，能做到快速生成和快速分解，投影出來的像是可觸的以及可以對人事物造成破壞，雖說如此，但是人類現在對量子技術還是在初階的階段，要活用光量子還有很長的距離要走。到了第六代（遊戲王vrains），遊戲王變成在虛擬網路世界裡進行決鬥，使用者會先沉睡然後大腦的數據在虛擬世界裡重組，你可以像在另一個世界裡生活，只是為虛擬的。以量子電腦的技術架構一個虛擬網路世界是可行的，不過一旦系統出問題會不會讓使用者出現大腦受損的情況，這要做一個評估。這些上述所提到的技術都是科學家和遊戲王玩家可以思考的技術形式。

遊戲王主義的代表符號

很多政治思想都有代表圖案或符號，遊戲王主義也需要一個代表符號，但是要用什麼符號才算真正代表遊戲王主義，遊戲王有太多的象徵符號，最早是「千年積木」和「死者蘇生」被大眾認為是代表遊戲王的圖案，然後到了後面出現一大堆遊戲王符號，比較有名的是遊戲王第四代動畫當中的「皇之鑰」、「紋章」以及「巴利安」符號，還有一些熱門的系列卡組符號被大眾所知，例如「六武眾」、「元素英雄」、「命運英雄」、「突襲猛禽」等等的一些符號。如今遊戲王主義要找到一個可以簡單、美觀而且符合遊戲王理念的圖案，而在所有遊戲王符號當中，「巴利安」符號是最適合用來當作遊戲王的代表圖案，因為「千年積木」和「死者蘇生」有太多古埃及的成分在裡面，我們需要尋找一個全新的文化代表符號，像「巴利安」就是一個全新的代表符號。再來就是在遊戲王動畫當中「巴利安」符號也是代表「巴利安文明」，在現實世界來看，「巴利安」符號有強烈的政治意義，遊戲王主義便可以用「巴利安」做為代表符號，就像馬克思主義的代表符號是「鐮刀與鎚子」、納粹主義的符號是「萬字符」。一個政治主義如果要強大起來，必須要有一個代表符號，這樣才能使大眾理解和信任這個思想，遊戲王主義也要具備代表符號，才能融入以及凝聚大眾的心，進而帶領大眾往成功富強的方向前進。

遊戲王主義世界
如何稱呼領導人

這個世界的領導人有太多的稱呼了，皇帝、國王、總統、總書記、元首等等都是，那遊戲王主義所實行的體制下的領導人又要怎麼稱呼呢？遊戲王主義提倡社會當中大部分人是知識份子，也就是說遊戲王世界就像一個學院一樣，因為大部分人是知識份子，就會像學生一樣思考各種真理，甚至去實行使人類社會進步的具體事物，是以唯物主義和科學理性為主的世界，回到正題，既然是學院，就要有教授和校長，遊戲王主義社會的教授和校長就是國家的政府官員，當然這只是一種象徵的說法，並不是真的教授兼任政府官員，人民也不是真的要當學生，國家也不是像在學校一樣，只是說這個社會重視科學和理性以及唯物主義。遊戲王世界的領導人不適合用「校長」這詞，畢竟這個國家不是學校，那麼領導人可不可以用「教授」來稱呼？答案是肯定的，只是要稍加修飾，不然無法和學校的一般教授進行區分，「人民教授」、「總教授」、「教授長」都是遊戲王主義世界用來稱呼領導人，意思是領導人會像一名教授指導學生通往真理的道路，就像國家的領導人帶領人民走向科學、理性的真理之路一樣。

遊戲王主義如何看待民主

民主，是西方文明的重要產物，在這幾百年以來各國為了「民主」而發生鬥爭。事實上，民主在世界各地的發展型態是不同的，民主會因為地形、人口數、文化而產生不同效果，有些地區的民主會因為地形、氣候而效果不彰，甚至有些地區根本不適合實行民主制度。民主制度比較適合的地方在人口稀少、地形隔離的地區，像高原或島嶼地區就適合民主，英國就是最典型的例子，也是最早出現民主的地方，海洋民族因為重視契約，所以制定民主制度，反過來說，大陸地區、平原、人口眾多的地區不適合民主，就算硬要實行，民主的意識也無法深入人心，因為人口眾多的平原地區常常和其他外來者進行殘酷鬥爭，就算沒外來者也會因為資源和權力向自己人鬥爭，畢竟人口太多了，如果要有效生存，就必須重視秩序，個人的自由比不上整體族群的安定，美國和印度雖然實行民主，但國家的秩序沒有像中國那麼穩定，也常常因為意識型態和種族問題造成國家動亂，日本、韓國和臺灣雖然在亞洲大陸邊陲，但因為人口過多又是農業民族，造成民主的混亂和意識型態的鬥爭，不太可能實行像英國或瑞士一樣的民主精神，這決不是時間問題，是地形和人口問題。

在這世界上有一些地區民主制度是發展最完備的，英國、瑞士、北歐地區、加拿大、澳洲、紐西蘭，這些地區人口密度都不高，而且地形封閉，英國人口不算少但自古和歐洲分離，加拿大人口太少而且北部是極地環境，在這裡所說的封閉地形是島嶼、高地或是極地地區，這樣的環境才有可能實現民主，事實上，人口密度愈高的地區愈需要中央集權，而人口密度高的農業民族最適合實現馬克思或法西斯那一類的中央集權，這個世界最後會因為地形和人口密度分成兩個不同的制度，民主制度和集權制度。在二十世紀以後陸續出現法西斯和共產（馬克思）制度，但是這兩個制度都有缺點，以致無法長久於世，但一個驚人的地方在於將法西斯和馬克思主義合併後竟然會出現互補性，這個新思想和制度便可以久留於世，這個新制度就是遊戲王主義，於是人類社會發展的頂點就成了兩個，人口密度少的海洋民族所建立的民主制度以及人口密度多的農業民族所建立的遊戲王主義制度。中國、俄國、印度、巴西、美國都適合發展遊戲王主義，在遊戲王主義所成功實行的地區，人民享有秩序、經濟以及科學的美好，不會再有無意義的意識形態鬥爭，人民的意識和思想會和諧的交流和合作，為人類歷史帶來下一個繁榮進步時期。

遊戲王主義的種族論

西方世界的「種族主義」及白人至上理論一直以來影響著世界，不過遊戲王主義本身也有一套「種族論」。此論點認為除了白人以外，「東亞人」也是優秀的種族。不過所謂「東亞人」的定義是指中國華人以及高度華化的人種。但即使是「純正」的華人，如果對「遊戲王主義」抱有不相信或反抗的精神，是不被稱為「東亞人」。例如大部分的香港人和臺灣人，即使是純正的「華人」，但是在思想上卻不夠優秀。至於日本人和韓國人，我認為他們是低等種族，特別是韓國人，一直以來韓國人的劣根性是存在的，是無可救藥的種族，韓國人算是「東方黑人」，即使努力也無法掩飾他們的劣根性。此劣根性是指不論在基因上還是在思想上都不夠完美。其中的例子是韓國人都要整容，否則長的實在太醜。其他的例子還有國家元首腐敗、父權社會以及重階級社會，這些的原因都來自於韓國人的劣根性。而日本只能說好一點，畢竟他們曾經有「明治維新」，但不幸的是最終依舊無法消除思想上的劣根性質。如今的日本正走向衰退，而且就像韓國一樣是父權社會以及重階級社會。日本由於無法富強就開始拍攝色情成人片、製作奇怪思想的動漫和電視劇。日本人都不認真解決國家問題，年輕人只想把自己關在家裡。雖然這個民族有出現人類史上的「真理之作」，例如遊戲王和槍彈辯駁，但總體而言，日本人還是劣等的民族。

如今，當年日本的「大東亞共榮圈」正式「實行」了。因為臺灣、日本、韓國、香港、美國以及部分中國人都愛日本的影片、文化甚至是思想文化。許多臺灣人甚至學習日語想當日本人。真是諷刺！當年被日本人殖民，那些想脫離日本的英雄，像蔣渭水、林獻堂甚至是謝雪紅，如今臺灣人都將這些英雄給捨去了，投向大日本帝國的懷抱。日本人不用費一兵一卒就控制了東亞，並且實行日本的劣等文化！遊戲王主義者大概將種族分為以下幾種，從最高等種族開始，是中國華人、西歐人、俄國白人、美國白人、加拿大人、澳洲人、紐西蘭人以及北歐地區的白人。第二等的種族是：東歐人、南歐人、猶太白人（白人混血較多）、巴西人、阿根廷人、南美洲的白人。第三等的種族：墨西哥人、日本人、印度人、土耳其人、蒙古人、南非人。而最低等的種族是：穆斯林、非白人混血的猶太人、韓國人、黑人、阿拉伯人、吉普賽人、東南亞人、新疆人、西藏人以及上述未提到的人種，為最低等的種族，這些人種並沒有存在的價值。遊戲王主義認為先天的基因優良性有很大一部分會造成後天的社會發展，就算在民主國家也會因為本身的思想、道德不足造成社會的沉淪。歐洲的民主之所以如此成熟，不單是因為歷史悠久，也是因為歐洲人普遍道德高尚而且基因優良，才會造就人類歷史的推進。而在全世界人口過剩、糧食不足的情況下，應該適度減少一些人口，才能保全人類。消除不優秀的人，把資源用在菁英份子上，不但節省資源，還可以使人口不會過剩而造成環境問題，真是一石多鳥的解決方法。

說真的，軍國主義源自於愛國心，法西斯主義者也源自愛國心。當納粹在二戰失敗以後，歐洲就不再是世界第一了，在歐洲以外的地區都得到了解放和獨立，歐洲本身的勢力也得到平均分配，就以結論來說，無論納粹打贏了還是打輸了，對全世界都是好事，希特勒的理想也算實現了，因為法國停止了黑人化，至少也得到了減速，而歐洲的民族也平均分配到他們的土地，歐洲甚至創立歐盟，進入半統一狀態，德國人也借歐盟統治歐洲。猶太人和斯拉夫人在二戰以後也證明自己民族的偉大，這個世界得到短暫的美好時刻。如今，東亞地區又出現危機，但這次危機不像一戰前歐洲種族的複雜問題，而是思想不純正問題。很多人說思想多元很好啊？但是東亞人的思想不像歐洲一樣科學且理性，東亞人的思想是迷性且衝動。尤其以日、韓、臺、港特別嚴重，中國因為文化大革命和馬克思主義的洗禮，思想比較理性且科學，而且以華族光榮為傲。想解救東亞的方法得先將美國勢力趕出東亞，再來就是要將東亞地區的政治、經濟、思想一統，建立科學、理性、高尚的東亞世界。雖說此夢想很遠大，但只要東亞地區的人以及遊戲王主義者們團結，就會實現。

法西斯主義和馬克思主義的融合

長期以來，法西斯主義和馬克思主義一直處於「敵對」狀態，但事實上這兩個思想都有一些共同點，都是中央集權、要求人民意志統一以及進步主義等等，最主要的地方在於這兩個思想都高度走向「唯物主義」，以效率和務實為主，法西斯主義實行種族主義，設立集中營而提高效率；而馬克思主義實行唯物主義，設立勞改營來提高效率，這些都只是他們提高效率的一些方法，要提出更多的實際項目多得是，例如毒氣室、人民公社等等，只能說在二十世紀他們的作為是差不多的，但是希特勒和史達林沒有意識到法西斯和馬克思主義的相似性。到了二十一世紀有沒有可能融合這兩個學說而建立新的思想，答案是肯定的，實際的例子是在中國，在習近平的強國民族主義時代開始以後，中國共產黨開始部分法西斯化，強調中華民族的偉大復興，只是這次不再種族滅絕其他劣等民族，改以帶領劣等民族擺脫失敗，往上等民族之路前進，有馬克思主義的進步主義和法西斯的優等種族之風範，這不只是中國的雄心，也是人類世界的下一道進步之路。而遊戲王主義認為，要滅絕的事物在於不切實際的思想（唯心論、動漫迷、迷信宗教等等），而不完全都是劣等種族的錯，但是還是要大力修正劣等種族本身的錯誤，否則人類文明還是會因為劣等種族而走入毀滅。

遊戲王主義對東亞一體化的看法

「東亞一體化」是中國和日本長期以來想要在東方世界實施的政治秩序，在西方世界近代入侵東亞的情況下，東亞人希望團結一致驅逐西方勢力，但因為當時各東亞民族普遍實力不足，而且各東亞民族並不一致對外，有些民族受困於當時的社會因素，也有些民族還在處於保守迷信思想，更有些民族意識不到西方的威脅性而被殖民，在中國辛亥革命和日本明治維新以後，有一些知識份子提出東亞一體化的政策，只是最大、最根本的問題在於沒有具體實施的辦法，於是日本首先開始了嘗試，也就是以日本軍國主義為重點所實行的「大東亞共榮圈」，不過這是只有利日本人的東亞一體化的政策，沒有考慮其它東亞民族，自然不可能成功。第二次世界大戰以後，日本決定再度實施大東亞一體化的政策，只是這次以經濟為主，而非軍事，但是日本這次實施（一九八零年代）的政策也還是以日本為主，東亞一體化的第二次嘗試也失敗了。日本之所以二次「統合」東亞會失敗是因為一直以日本人為中心所實施，而且日本自己本身的實力不足，一億人口是無法統治十六億人口（東亞地區），總之不能使日本主導東亞的一體化政策，必須要思考其它的方法去解決東亞一體化的問題。

既然日本沒有能力執行東亞一體化，那就是中國去接手這個任務了，自古以來中國就是東方文明的核心，也是中國去團結整個東方秩序，現在中國不過是再度肩負起東亞一體的任務罷了，而且中國的人數和領土面體也占東亞的大多數，叫中國來執行東亞一體化是可行的。那麼在中國主導下的東亞會是怎麼樣的樣子？是要像蘇聯模式的樣子統一，還是要像歐盟模式的樣子統一，還是有更多的方法來一統？又要做到多大的程度才可以？以目前的情況看來，因為華人的數量占多數，所以可以採用蘇聯模式來統一東亞，當然這個模式比較適合用在「小東亞政策」，東亞一體化分成「小東亞政策」和「大東亞政策」，所謂小東亞政策是指以傳統儒家文化圈範圍下的國家做為統一的目標，中國、蒙古、臺灣、日本、韓國、越南這六個地方做為統合；

而大東亞政策是將全東南亞地區也算在裡面，成為一個超大的聯邦國。以中國現在的實力可以實行小東亞政策，可以先實行經濟一體化，再軍事一體化，最後國家一體化，大家都成為了「東亞核心國」的東亞人了，只是在一體化以前，東亞必須要解決一些問題。

東亞一體化看似簡單，實際是不容易的，首先是一體化需幾十年甚至百年都有可能，再來是有一些因素阻礙了一體化，例如美國問題、民族問題、文化問題、思想問題、宗教問題等等都是，但即使如此，總得找到解決的方法。首先是美國問題，在第二次世界大戰以後美國控制了除中國以外的所有東亞地區，要將美國勢力趕出東亞，至少要從日本、韓國、臺灣那裡趕走美國。再來是民族問題，如何處理韓國、日本的民族問題，進而使其融入東亞核心國的一份子，至少要使韓國、日本放棄民族主義而成為東亞人。第三是文化問題，如何確立一個所有東亞民族都公認的東亞文化，文化問題可能牽涉到思想問題和宗教問題，至少加入東亞核心國的成員國要做到「唯物主義」的社會，也就是「九成唯物一成唯心」，日本和韓國以及臺灣地區是大大的不合格，因為這些地方的人很多都是以「唯心主義」為主的，確實要改變成為唯物社會才行。以日本來說，日本必須廢除天皇制度，以及將日本的資產階級給消滅，日本要消滅動漫文化以及所有動漫迷，日本也要放棄日本宗教以及神社，還要消除日本的軍國主義和民族主義，並且奉行「唯物主義」，這樣日本未來才有出路，也才可能成為大東亞的一份子。

韓國也是唯心社會，所以也得改變韓國，首先韓國要消滅韓國的娛樂明星，消滅韓劇，放棄韓國宗教，提升女權，並且奉行唯物主義思想，最後還要消滅韓國的資產階級，例如三星企業這個公司門閥，韓國人也得放棄國族主義，這樣才可以融入東亞核心國並成為一份子。在東亞一體化上，軍隊的統一也是非常重要的，例如中國解放軍和日本自衛隊以及韓國軍隊可以組成新的軍團，叫做「東亞聯軍」，東亞聯軍就像東亞核心國的軍隊是一樣的，也可以是保衛東方世界的一支偉大軍隊，中華地區的軍隊以中國解放軍為基礎，而日本地區以日本自衛隊為基礎，朝鮮半島以韓國軍隊為基礎（包含北韓軍和南韓軍）並成立東亞聯軍總司令，負責統帥這三區的部隊，通常是東亞核心國的領導人擔任東亞聯軍總司令，身為總司令要學會三種語言，華語、日語、韓語，如果日本和朝鮮地區不實行以華語為主的話就必須像歐盟一樣領導人得學多種語言，但如果日本和朝鮮地區願意學習華語，東亞聯軍真的可以用華語為軍方人士所使用，更可以加快東亞一體化的進程，還有一點是東亞聯軍的軍人都必須是唯物主義者，這樣這些軍人才可以客觀理性的完成任務。

遊戲王主義對歐洲的看法

歐洲是現代世界文明的起源，一直以來除了中國以外，歐洲就是人類文明的楷模，也是人類所知最早的理性、秩序所塑造的地區。歐洲的分裂一直是它強大的因素，卻也是它失敗的因素，如果現今的歐洲統一為一個國家，那這個歐洲國的人口將是全球第三名（僅次於中國和印度），經濟指數會成為世界第一或世界第二（因為中國可能成為第一）。遊戲王主義希望以和平的手段統一歐洲，利用現今的歐盟來造就一個將英國和俄國排除的小歐羅巴國，也就是小歐洲政策（大歐洲政策是連英國和俄國都算進去），在歷史上只有希特勒時期最有機會完成小歐洲政策，只是希特勒太貪心了，否則歐洲早就統一了。而現在我們將進入第二個最可能統一歐洲的時期，那就是歐盟時期，理想的情況在藉由法國和德國合作帶領歐盟成員完成歐洲憲法，並且軍隊一體化、設立歐洲的領導人，將歐盟的所有成員國改制成一些高度自治化的省或行政區，例如法國和德國改成省或法蘭西行政區和德意志行政區，如此一來歐洲將完美和平的統一了，歐洲人也得到民主。

如果歐洲要實行完全統一，就必須建立一個功能健全、獨立自主的軍隊，並不是北約組織，不能以美國主導歐洲的軍隊，因為軍隊涉及國家主權，歐洲如果要恢復昔日的光榮，必須要拿回軍事控制權。歐洲人還有難民危機，所以更需要有軍隊協防，歐洲首先要在一個地方成立軍事總部，最好在德國、法國之間找一個地方建立，這個軍事總部將可以指揮所有歐盟成員國的軍事機構，而且所有歐盟成員國的陸軍、海軍、空軍的領導階層（例如將軍）都會到這個歐洲軍事總部開會或參與武器的研發，接下來將各歐盟成員國的軍事機構、人員編制進行重新整理和分配，各國的軍隊不再效忠自己本國，而是效忠整個歐盟地區，如此一來歐洲的統一軍隊就暫時完成了，當歐洲軍隊完成之後，首先要協防因為難民的非法入侵而造成的問題，還有俄國的軍備擴張造成歐盟安全問題，歐洲應該將統一的歐洲軍隊駐紮在邊境，難民問題應該在希臘和義大利的邊界駐守大量的海軍（至少十萬人），在希臘和土耳其的邊境駐紮陸軍（至少三萬人），並且在義大利和希臘設置遣返所，如果有非法難民不小心成功偷渡到歐洲，這遣返所將開船送這些難民回國。而俄國問題的協防辦法要將歐盟陸軍駐紮在芬蘭以及波羅的海三小國（愛沙尼亞、拉脫維亞和立陶宛），將這四國成為歐盟防衛的前哨站，在羅馬尼亞和保加利亞設置歐盟海軍以防衛俄國海軍和中東難民，如果真能做到，歐洲就可以保衛自己了。

語言是歐洲長期無法統一的原因，到了現在依舊是困擾著歐洲人，不過想要解決這個問題也不是沒有辦法的，想要解決語言無法統一的問題，首先將所有歐盟成員國變成行政區（例如德意志行政區），各原成員國繼續保留原本的語言（例如義大利地區就繼續以義大利語為主），但是要增加第二母語，也就是歐盟地區通用的官方語言，每個歐盟成員國都要會的語言，那麼要選什麼歐洲語言做為通用語呢？以歐盟的核心帶領國為主，那就是德國和法國，歐洲人要有兩套通用語言，那就是德語和法語。德國和法國要互相學習對方的語言（德國人要學法語、法國人要學德語），至於其它歐盟成員國，由他們的人民決定要以德語或法語決定為他們的第二母語，而且以第一行政區（省或州）為一個基本單位，例如在義大利熱那亞省可以公投決定這個省要以德語或是法語為第二母語，如果公投超過半數是法語，那熱那亞省以後就以法語為第二母語，在熱那亞省裡的學校會開始教導法語，把法語列為熱那亞學校的必學科目。如果真可以實行，那以後歐盟就不用花費好幾億去大肆翻譯其它語言，以德法二語制就可以解決語言通行問題。

歐洲如果要一統，宗教認同也是很重要的，古羅馬帝國就是因為基督宗教才一統，即使到後來羅馬帝國瓦解以後，歐洲文明也沒有因此而毀滅，原因是因為基督宗教維持了歐洲文明。如今的歐洲被伊斯蘭所入侵了，伊斯蘭教徒以「和平」的手段入侵歐洲，現在總人數來說，歐盟所有的伊斯蘭人口差不多二千萬人，是歐盟總人口的百分之四，而在全歐洲的伊斯蘭人口差不多是四千五百萬，占了歐洲總人口的百分之六，其實就以俄羅斯人來說，他們有很多伊斯蘭教徒，伊斯蘭化最嚴重的反而是俄國，俄國有二千五百萬的伊斯蘭教徒，超過歐盟的伊斯蘭人口，所以說歐盟有兩個選擇去處理伊斯蘭教徒，分別是送回中東地區或送到俄國去，如果要保證歐盟安全的話，必須把伊斯蘭人口降到歐盟總人口的百分之一以下，因為執行「小歐洲政策」，不把英國和俄國視為歐洲的一分子，所以也可以把伊斯蘭人口送到英國和俄國，並限制英國和俄國人的進入，因為這些英國人和俄國人有可能是伊斯蘭教徒所偽裝的。總之，如果歐洲文明不希望被伊斯蘭教徒所毀滅，那奉行「小歐洲政策」是唯一可以拯救歐洲文明的方法。

不只是伊斯蘭教徒在歐洲有很大的數量（在歐盟的穆斯林人口就高達兩千萬），黑人也是有很多人口在歐洲，目前來說就以歐盟本身就有一千萬黑人人口，而法國的黑人就有到五百萬人，這對歐洲是一件很糟的事情，因為歐洲文明的基本構成是「基督教白人」，如果在這偉大的文明當中加入黑人和伊斯蘭教徒，那歐洲文明就會慘遭破壞。從印度的例子就可以警告歐洲，如果歐洲人繼續接納黑人和穆斯林，總有一天會像印度一樣混亂，印度就是因為曾經被伊斯蘭化，所以現在印度才會出現穆斯林太多而導致國家衰敗，歐洲不能等到發生類似像印度的問題以後才解決，否則就為時以晚，必須將歐盟裡面的黑人和穆斯林送回西亞或北非，如果成功送走黑人和穆斯林，那歐洲將再次團結和強大，況且將這三千萬有色人種送回非洲將有助於帶動非洲發展，受到歐洲文明洗禮的黑人和穆斯林可以幫助非洲走向進步，至少送了非洲一批人才，而當年美國也是把大量在美國的黑人送回非洲，建立了賴比瑞亞，如今歐盟可以有計劃性的向非洲輸入三千萬黑人以及穆斯林，不但幫助非洲發展，更可以保衛歐洲文明，這難道不是一件一石多鳥的政策嗎？只有將黑人和穆斯林趕出歐洲，歐洲文明才會有希望，唯有純正白種人的歐洲才是自由、平等、強大的歐洲。

遊戲王主義的東南亞政策

東南亞，是介於中國和印度的一個地區，分成中南半島和南洋群島兩大部分，在南洋群島上有兩個國家的華人比例較多，新加坡和馬來西亞，新加坡的華人比例超過八成，而馬來西亞的華人比例差不多為兩成左右。在東南亞當中除了越南、寮國、柬埔寨已經是馬克思主義國家以外，最適合在東南亞發動馬克思或遊戲王革命的國家就是馬來西亞了，在二十世紀的第三國際曾經在南洋群島實施馬克思主義，不過最後失敗了，原因可能是馬來西亞裡並沒有全族群意識革命的重要性，如今我們應該再試一次，但這次馬來人、華人、印度人都必須參與馬來西亞的革命運動。馬來西亞是一個很有爭議的地區，「馬來西亞」這個名字必須得改，並且要華人、馬來人、印度人三大族群討論新的國名，當然不是只有更改國名，馬來西亞人應該實行遊戲王主義，將國內落後的文化給消滅掉，提倡科學和秩序，中國應該幫助馬來西亞，將二千萬華人移入馬來西亞，如此一來馬來西亞的經濟和文化可以得到大力的加強，中國也能減輕國內的人口壓力，真是一石二鳥的好方法，不只如此，馬來西亞的三大族群（馬來人、華人、印度人）要強力推行自己種族的語言，馬來人學馬來語、華人學華語、印度人學泰米爾語，這樣一來馬來西亞的種族會和諧在一起。

遊戲王主義是可以在東南亞實行的，事實上不只遊戲王主義可以在東南亞得到大力的發展，連華人都可以在東南亞找到新的生存空間，不只如此，東南亞可以實行大規模的人性實驗，因為東南亞的文化、人種多元，這樣的地方確實適合執行人性實驗。不過對華人來說，中南半島是一個非常重要的地區，一旦華人成功掌控或得到中南半島這一地區，就可以解決南海問題，還可以將華人勢力開拓到印度洋，但如果想要拿下中南半島會有兩大阻礙，泰國和越南是不能小看的對手，越南人自古以來對中國充滿敵意，而且在近代雖然越南沒有像日本一樣麻煩，但越南先後經歷法國跟美國的侵略，已經造成越南人的民族性增強，在一九七九年中國和越南打了一場仗，雙方達成了平手，越南在損失慘重的情況下不被中國佔領（雖然中國當時只是打懲罰戰）；至於泰國是近代東南亞當中唯一不被殖民的國家，並不是因為國力像日本一樣強，而是泰國充當英法的緩衝區，泰國才得以保留不至於亡國滅種，雖然如此，泰國的地理位置非常的重要，如果可以，中國最好控制這個區域。事實上如果中國成功拿下中南半島，華人可以使緬甸繼續存在，因為緬甸可以當中國和印度之間的緩衝區，而且緬甸不會影響華人在東南亞的利益和生存空間，華人不需干涉緬甸的一切事物。

東亞的敵人到底是誰

世界上有太多悲劇了，只是這些悲劇的起源來自人心，或許有不可抗力的因素使這些悲慘的人走向滅亡，但到頭來不管是直接因素還是間接，悲劇的起源大部分來自人類的愚蠢。我們應該找出人類的敵人，那麼人類的敵人又是什麼？是資產家嗎？還是舊政府的官員？又或是活在自己世界的日本人？只能說太多太多了，自大又無知的臺灣人、抱著邪惡動漫主義的動漫迷、活在自己世界自卑的韓國人、幻想是英國人的香港人、以伊斯蘭邪教文明為信仰的新疆人、信仰不開化的藏傳佛教的西藏人、幻想統一世界的日本人、希望和世界上所有同性交配的同性戀患者等等，這些人都是我們的敵人，都是東亞的人渣，華人和菁英份子應該要將這些垃圾人渣消除掉，不要再使他們禍害人心了。我們不應該將所有的資產家列為敵人，因為也有一些資產家願意幫助正義之人，而我們要打倒的資本家是為腐敗的舊政府做事之企業家，還有為動漫做事的動漫公司（除了遊戲王主義認可的作品），都要打倒以解救人類。如果將敵人全部消滅，並且所有的人都以唯物主義為基礎去觀察一切，那世上就不會發生太多的悲劇了。

我們不能再忽視了，日本人已經開始使動漫當成宣傳武器了，而這個計劃已經開始四、五十年了，在第二次世界大戰日本人戰敗以後他們就決心使用這個計劃，如今他們就快要成功了，臺灣人就快要承認自己是日本人的一份子了，而且不光光是臺灣，連一些美國人也熱愛日本，想要成為他們的皇民。但是日本人沒有想到的地方在於，動漫迷已經不受日本的控制了，動漫迷就像伊斯蘭教徒一樣想要在全世界建立動漫邪惡思想的變態噁心國，日本已經被動漫迷反滲透了，現在的日本和臺灣已是半死不活的死軀了，動漫迷表面上和正常人融入社會，私底下互相團結成立動漫組織，等到將國家完全滲透以後，就將發動革命推翻國家，然後建立動漫唯心主義國家。臺灣和日本經濟會變差就是因為動漫迷只會待在家裡而不去工作，就算有找工作也不願意認真，只會和社會抗爭，動漫迷唯恐天下不亂。另外，動漫迷只想和虛擬人物交配，他們不願意繁衍後代，雖然說動漫迷的後代也是禍害，而最可怕的是他們想要阻止正常人繁衍後代，因為如果正常人太多會對動漫迷不利會阻止動漫計劃的施行，所以動漫迷希望正常人滅種。動漫迷的所做所為無疑是人類的敵人、文明的破壞者，我們要除掉禍害，保護人類的文明和未來。

現在的美國，把中國視為最大的敵人，甚至聯合其他的盟國對抗中國。美國和中國的關係與其是冷戰，倒不如更像當年歐洲列強圍睹德國一樣，比較不一樣的地方在於當年德奧之間是互助的，而非像中臺一樣敵對，臺灣人像個屁孩一樣去對抗中國，忘了我們都是大中華的子孫，那有自家人和自家人敵對的道理？而美國人現在正為了自己試圖阻礙人類的進步，美國一直欺騙全世界，日本、韓國、印度甚至是臺灣都是美國的受害者，雖然如此，但是臺灣不能因為美國或是自以為是的想法而迫害同類，臺灣應該和中國站在同一條線，甚至要和祖國統一都不為過，因為我們是一個民族，不能因為歷史因素或外國勢力而被迫分裂。日本長期以來希望以大東亞秩序來治理東亞，但是中國人不認同，因為大東亞新秩序是以日本為主的，中國可以同情日本，因為日本畢竟只是一個小島上的民族，日本人當然希望贏過華人，但始終失敗，華人還是世界上最優秀的民族。華人和遊戲王主義者非常希望將美國的勢力趕出東亞，並且重新整肅周邊的其它搗亂的民族，如此一來，東亞人幾百年在西方文明底下的恥辱才能洗清。

在近代東亞二百年的歷史當中，中華地區出現了很多漢奸，所謂的漢奸的定義在於背叛民族利益的華人，這些漢奸只會想分裂國家、幫助外國政府對抗中華民族甚至利用「民主自由」的理由試圖摧毀國家民族的秩序或殘害同類華族，奇怪的地方在於其它國家（尤其西方國家）的叛國者沒有像中國那麼多的，原因在於中國地大物博、人口也多，如果華族可以團結，我們將能掌控人類歷史的先驅，不幸的事情是有太多沒有國家民族意識的華人存在了，尤其是臺灣人，臺灣人自以為的「獨立民主」行動是愛國行為，事實上完全相反，臺灣的分離中國行為無疑是愚蠢的「叛民族行為」，可以說臺灣主義者是叛國者，而且假設臺灣和中國合併統一後，這些臺灣主義者馬上就跑到國外去了，臺灣主義者唯恐天下不亂，就和動漫迷一樣噁心，一旦臺灣出現問題以後，臺灣主義者不是逃跑就是向當權者低頭，李登輝就是其中一個例子，一生向日本、美國甚至中共低頭，最後提出的臺灣自由民主也把臺灣搞的亂七八糟，李登輝是可惡的臺灣主義者、一個無恥的漢奸，更是中華民族的罪人，就以結論來說，李登輝和臺灣主義者都是東亞的敵人，必須制裁這些人。

東亞教育的局限性

一直都有個問題，那就是日、韓、臺、港為何無法像西、北歐一樣進步。原因在於西方的思想和理論並沒有在東亞完全發揮，東亞地區只有少數知識份子精通西方的哲學和思想，除了中國還熟知馬克思主義。可笑的是臺灣人常常自詡為民主國家，卻連自由主義的根本意義都不理解，臺灣有很多年輕人只以為反共產就是民主的表現，每天線上看動漫或是打電動然後自爽、自封為民主戰士，真是可恥、可憐！其實他們不希望努力吧，這些人害怕以後不能看動漫、打電動所以才以民主的口號趕走中國，這些人活著根本毫無意義。臺灣人民主不民主、強大不強大，只能苟延殘喘的活在幻想、封閉的世界。遊戲王主義認為，東亞的教育應該要融合西方哲學和思考模式，使全階級的人完全理解真理和科學，而做到思想革命，否則會像伊斯蘭國家或是非洲國家一樣無知、可憐。常常看到臺灣人的教改失敗，原因在於問題出在思想而非制度，而臺灣人卻一直改制度而不修正思想內容，所以才一直失敗。

東亞教育出現局限性其實是東亞全方面的問題，雖然在於西方的思想和理論並未在東亞完全實現，但即使東亞人理解並實現這些想法，也沒有想出適合東亞的最好制度，要說理解並實踐這些西方思想的國家只有中國，而且中國將馬克思主義中國化了，畢竟馬克思主義源於德國，也是西方偉大的產物。而臺灣人曲解自由主義的意義，所謂西方自由主義是在犧牲部分個人自由所達成社會總體的自由，是強調先秩序再自由，但是臺灣人強調的是個人自由主義，已經偏離西方自由主義的精神，也就是說臺灣的民主是假民主，臺灣公民也沒有民主素養，甚至一般西方的秩序也沒有，更沒有科學理性的精神，這樣的地方怎麼可能像西、北歐一樣進步呢？而且臺灣的制度改革也出問題，連最基礎的制度都改不好了，更別說思想層面了，如果臺灣人願意放棄動漫、宗教迷信還有臺灣扭曲的自由主義，臺灣才有可能得救。至於日本、韓國以及香港的情況也和臺灣差不多，如果他們也不希望教育和思想出現局限性，那麼必須重新檢討自身文化和民族問題並加以修正或捨棄錯誤的東西，這樣才有思想革命的一天。

遊戲王主義對社會經濟的看法

社會經濟大約分成三類，資本主義、共產主義還有將這兩種體制結合起來的混和模式。但是不管是那種模式，最後都無法脫離鬥爭。以科學的觀點來看，生物都會生存，但是生存必然會遇到困難，這時候「鬥爭」便出現了，人類的社會經濟是屬於一種「鬥爭」模式，不如說這是高等智慧生物衍生出來，以用於更加有效率、更易生存的鬥爭模式。有自由但較無法控制的「資本主義」，也有計劃但是缺乏彈性的「共產模式」，最後則是複雜但有彈性的「混合模式」，以上這三種各有優缺點，取決於當時代社會經濟的問題。例如，沙皇時代後期的俄國，正是需要重工業的發展。畢竟在那個時代如果國防工業沒有做好，可能會造成一個國家的存亡，這也是為何共產主義在俄國實行成功，因為共產主義強調強而有力的中央政府強力推行經濟政策，當然這裡的經濟政策是快速有效但不宜長久推行的刺激經濟。而蘇聯的瓦解正是因為俄國社會經濟的快速變遷，「共產經濟」已無法再解決經濟問題，進而覆滅。遊戲王主義提出的經濟論是指「解決論」，「解決論」是指不論那種經濟模式，只要符合當時社會經濟需要的解決方式，便可實行。

社會經濟牽涉到的問題不只在物質流動上，更會牽涉到人類的行為，人類做任何事情都是會付出一定的成本，就算人什麼都不做也是要付出「成本」的，但是這裡的「成本」不是指物質上面的，而是指這個行為所造成的「後果」，舉一個例子如果一個人去殺了其它人，那這個後果將從殺人的人身上償還，而且以經濟平衡的觀點來看，這個殺人的「成本」會從當事人身上以「等價」的方式去還，在沒有其它的因素之下，殺人的人應該最終會死，用自己的生命去「付清」殺人的帳單，其他的例子也可以證明「行為資本」的正確性，所謂「行為資本」是指人的行為是有「價值」的，做一件事就得付出那件事情的「應有價值」，就像購買物品是需要付錢，天底下是不會有白吃的午餐，假如一個人類選擇「什麼都不做」，那這個人將會付出選擇這個「什麼都不做」的成本，這個成本可能會以不同的形式轉換，可能是物質上或是非實體的代價，例如一個選擇「什麼都不做」的人會因為不做事而面臨經濟上的困難或是社會道德上的壓力，就算這個人本身沒有經濟上的困難，也會出現因為什麼都不做而產生行為沉淪的「後果」，而這個「後果」也是「行為資本」所提到的「代價」，類似「錢」的存在，只是錢是用在物質上，而「行為資本」是用在人的行為上面。

以科學的觀點來看，把低能量的物質送到高能量的物質那邊是要送入額外的能量，因為自然的發展是從高能往低能量的方向去，從有序走向無序，如果要違反這個規則，就要不斷送入能量。同樣的道理，如果要維持一個「有序」的社會，必然要注入「代價」，也就產生了社會經濟的規則，人類也是相同的道理，因為人類「活著」是一種很「有序」的情況，要人類存活自然就要注入「能量」，而這個「能量」也是代價的一種，實際上萬事萬物如果出現「有序」的情況，必然得支付代價，這個道理用在人的行為上就會出現「行為資本」，做一件事情就要支付「行為資本」，有時候「行為資本」會轉化為「勞力」，而「勞動力」是可能換到金錢的，而金錢體系自然帶動社會發展，最後就出現「社會經濟」的體制了。說穿了只要控管好物質的流動和「行為資本」的流動，人類社會就可以長久又穩定的發展下去，但是要控管好當然就要有不同的經濟政策以應對不同的情況和時空背景，也就出現遊戲王主義的「解決論」，在一個時空背景的情況之下實行共產主義政策，又在另一個不同的時空背景之下實行資本主義政策，觀察這個社會的問題然後以最適合的體制去解決問題，才是最適當的方法。

馬克思主義希望人類放棄家庭組織、放棄政府單位並且經濟共產。在蘇聯、中國的試驗之下結果是失敗的，現在的人類無法實行這三個方式，那麼我們就修正一下馬克思主義，使人類保有家庭組織、擁有政府單位、經濟自由，但是思想上保有許多馬克思主義，聽起來像中國現在的情況一樣，是

「中國特色的社會主義」，奉行馬克思政府以及資本市場。遊戲王主義是看重在馬克思主義的哲學層面，當然部分想法不一定和馬克思主義相同，但就以政策實行來說，遊戲王主義希望人類保有上述所提的東西（家庭、政府、經濟），除非人類進化，否則無法放棄這些東西（家庭、政府、經濟）。家庭是人類繁衍後代的機構，成家就是為了培育基因優良的人類；政府是統治人類的重要機構，是秩序的實行，經濟是人類社會的根本，快速流動的經濟就像人類大腦的活耀一般推動人類發展。當然這些東西運行的過程中難免會有弊病，我們自然得調控它們，就如同工廠的安檢一樣。

馬克思主義之所以要求人類放棄家庭、政府以及商業行為（經濟）是因為這些東西阻礙人類進入更高一層的進化，但是馬克思主義沒有想到的地方在人類先天性是有缺陷的，人類無法做到完全的理性，即使人類試圖去實行也會因為大腦本身的缺陷而失敗。不過，如果把馬克思主義用在人工智慧身上就可以完美實行，因為人工智慧是絕對理性、沒有情感的存在，人類會成立家庭是因為要「方便」的繁衍後代，家庭就像一座工廠負責生產下一代，所謂家庭的「愛」只是工廠的潤滑劑，使這座工廠順利地完成它的生產以及把下一代培育成人（完成品），因為人一出生還不是完成品，需要教育和公民道德以及食物，一直到小孩成年時這座家庭工廠才算完工，難怪馬克思會認為家庭是一個社會的基本單位，也希望推翻這個工廠，但是因為生物限制，人類無法放棄家庭，雖然如此，人工智慧就可以，人工智慧不需要成立家庭來製造後代，而且人工智慧沒有慾望，可以合理和公正的分配資源，實現資源的最大效用化，結論是人工智慧可以做到完全「唯物」，而人類還是要有一點「唯心」，人類最理想的情況在「九成唯物一成唯心」，畢竟「唯心論」的過度濫用會造成人類社會的墮落和瓦解，像中國宋明理學一樣，以及現在的動漫日本，持續的幻想和自我陶醉最後會導致社會經濟的崩潰，但是在社會經濟崩潰以前，會先進入民族的集體沉淪。

繳稅，一直都是維繫國家社會經濟的重要力量，只是每個政府項目的稅收是多還是少就要適合分配，在此認為東亞地區的科學稅以及軍事稅都收太少了，因為科技指標和軍事力量都是能看出一個國家的強大，如果這個國家只是經濟好但是科學和軍事不夠強大，終究只是二流以下的國家，像韓國就是一個例子，無法成為一流國家，韓國就連日本的水準都到不了。所以我們必須大力發展科技和軍事武力，尤其以量子科技最為重要，把量子技術融入在科技、軍事武器方面將使東亞的國力超越全球，如果我們領先掌控量子電腦的技術，第三次世界大戰將由東亞人所拿下，掌控量子技術更可以幫助我們進行人性實驗，所以在此主張人民應該要繳多一點的稅給科學機構或軍事機構，並且以家庭收入為評估決定繳稅的多少，有錢人繳的科學稅會比窮人多很多，因為能力愈強責任就會愈大，而這些稅最後都會成研究經費來使用，科學實驗以及軍事武器的研發都需要錢，而研發以及實驗的結果將是全東亞人甚至是全人類的光榮。

不斷革命的意義

當年托洛斯基提出「不斷革命論」，希望所有人類一直進行革命運動，直到消滅所有資產階級。當革命家以為他成功打破的舊有體制，革命家會發現後面會出現更多的舊有體制等著他來處理，也就形成不斷革命的情況出現，資本主義以及封建體制下的資產階級之所以很難根除的原因是大部分的底層人民適應和接受這個扭曲的體制，資本主義最終會使人過份的自私以及過度追求物質的享受，所有被資本主義所迷惑的人就像和惡魔交易一般失去人格和思想的完整性，所以為何馬克思主義者要進行體制外的暴力革命，因為資本世界不會給人一個公平的競爭環境，唯有不斷的暴力革命才有可能使人類跳出資本世界的詛咒，而革命運動是每人都應追求的，除非這個人是資本主義的奴隸。遊戲王主義者是革命運動的先驅者和指導者，我們必須帶領被各種事物壓迫的人起來向資本主義體制以及擁護資本主義的惡人進行長久的革命，直到所有資本主義體制的壓迫徹徹底底的消滅掉。

要說到「不斷革命論」在歷史上真正實施的例子就是中國，中國在以前就一直不斷的革命，而且到了近代以後中國的革命更加頻繁，而且革命的目的更加多元，一下是器物、一下是制度、最後就是思想問題，而到了共產中國時期又再進行人性實驗、思想鬥爭，這些種種的革命造就中國成為偉大的革命國家。而曾經實行社會主義但卻沒有不斷革命的國家是俄國以及印度，這兩個國家在最後都得到了失敗，到今天還是緩慢的成長。先說俄國的例子，做為世界近史上第一個社會革命的國家（二十世紀以後被稱為近代），俄國原本是很有希望成為革命國家，但是到了史達林掌權時期以後，俄國就停止了革命，也沒對東正教和伊斯蘭教進行徹底的清算，所有當蘇聯解體，俄國又變回資本主義國家，即使後面出現了強人去領導俄國，也無法再有突破性的進步了，中國有一句名言：「革命革了幾十年，一覺回到解放前。」這個名言其實用來形容俄國比較實在。而印度更是糟糕，雖然在獨立建國之初就實行社會主義，但印度不但沒有不斷革命，甚至印度自己本身實行的社會主義並不徹底，所以今天依舊是被資本主義奴隸的半殖民國。一個地區的民族如果沒有不斷革命，那這民族遲早有一天會再被資本主義所奴役，也再度陷入民族滅亡的危機。

第三級產業的社會

勞工革命

當年的俄國是以工人爆發馬克思革命，而中國是以農人爆發馬克思革命，那麼日本、韓國、臺灣有沒有可能以服務業人員（第三級產業）爆發馬克思或遊戲王革命呢？事實上，臺灣、韓國、日本的低層服務業人員活得很辛苦，這一些勞工一個月的薪水只能勉強付清房租、水電費，算上一個月的手機費就全付完了，根本無法存錢，這些服務人員一天工作十幾個小時只能苟延殘喘的「生存」在這個社會，有些天真的知識份子會建議這些勞工接受教育，但是這些勞工光是工作就占了大部分的時間，根本沒時間接受教育，況且接受教育是一件漫長的時間，一邊生存掙扎一邊學習不可能完成學業，所以務實又快速的方法是革命，推翻現有體制，把不負責任的政府和公司企業全部推翻，如此一來這些可憐的勞工才能得到救贖。如果日本、韓國、臺灣的勞工（尤其是服務業人員）不正視現實而擁抱小確幸，那麼政府和企業公司會利用小確幸（手機、電玩、動漫）來繼續壓榨的統治，政府和上層社會的人會繼續酒池肉林，而服務業人員會繼續奴隸的人生到死。即使有可能因為暴力革命而犧牲，勞工（服務人員）也要奉行遊戲王主義和政府以及企業進行最後的鬥爭，唯有放手一搏才能殺出一條希望的道路。

所謂第三級社會革命是指商人的社會革命，早期的馬克思主義認為勞工的敵人是資產階級，也就是商人，但是到了後面才發現並非每一個商人都是剝削勞工的，而且第三級產業（商人）也是有底層勞工的，這些第三級產業人員並不像早期馬克思主義所說的「不事生產」和「坐享勞力的成果」，這些勞工也是被剝削的。事實上，農人有分富農和窮農、工人有富有和貧窮，自然商人也有分富商和窮商，商業行為事實上也是「從事生產」的行為，因為工人和農人的勞力果實需要轉換成可實用的東西，這時商人就很重要了，那麼馬克思主義所說的資產階級到底是什麼呢？當然是舊政府的官員（公務員），富有的大企業老闆或是企業高層、有錢的工人和農人，這些資產階級長期以來狼狽為姦的去壓榨低層的勞工階層，尤其是舊政府官員，這些官員操作意識形態迫使人民互相鬥爭，然後最終得利者還是舊政府官員。事實上為政府和大企業工作的新聞媒體也是資產階級的一份子，這些媒體刻意忽視底層勞工的生活真相，甚至有些媒體特定為資產階級打廣告，他們完全沒有將媒體的本分做好，既然如此這個社會也不需要這些媒體和資產階級，因為這些資產階級不只剝削勞工，還阻礙國家、民族的發展，遊戲王主義者以及勞工要對資產階級發動徹底的革命和清洗，為了就是保全民族的發展及進步。

文化大革命對人類社會的意義

文化大革命是中國歷史上發生的一件爭議事件，有人說文化大革命毀掉中國的文化，又有人說文化大革命剷除掉腐敗的舊思想，那麼到底文化大革命對中國的真正意義是什麼呢？事實上在當下來看文化大革命是殘酷的，很多中國文物以及封建制度都破壞，經濟在短期也受到不良的影響，但要注意的地方在於，文化大革命本來就是對落後國家的封建體系進行徹底的革命，而且「革命」本身就是殘酷的。一個國家之所以落後不只是因為本身的封建體系，也是因為所有生活在這個封建國家的人民對封建體系產生合理性的想法，換句話說這些人民的思想都融入了封建體系，即使有人對封建制度進行革命而推翻舊封建制度，但是卻沒有人對封建的舊思想、舊道德觀進行長久的批判和革命，到最後有封建思想的人又會反撲而使社會重回封建制度，以資本主義控制低層社會的人民。所以文化大革命是需要實行的，唯有徹底剷除封建道德觀然後進入科學唯物思想，人類才有可能解開「封建主義」的詛咒。文化大革命使小孩批判父母、使學生批判老師、使低層的人對現有的封建制度進行批判革命，這都是向腐敗的壓迫者進行徹底的革命和反抗，都是將人類從舊封建迷信的思想解放出來，因為即使是自己的父母和老師，也都會灌輸給下一代封建的舊思想而洗腦小孩成為下一代的封建者，當然也得對父母和老師進行嚴厲的批判。

以長久而言，文化大革命使中國的思想真正進入唯物理性，而中國的舊迷信、舊宗教也徹底得到剷除，使中國不像東南亞或南亞一樣落後，如果魯迅知道這件事一定使他感到寬慰，只可惜魯迅已死，永遠不能知道中國人已破除迷信和封建，不過至少魯迅的心願已經達成，中國人不再是封建迷信底下的奴隸了，而是向全世界所有資本主義的壓迫者進行怒吼的革命戰士。只可惜的地方是日本、韓國、臺灣、香港沒有徹底對封建主義進行革命，而是以封建思想為基礎去發展社會，日本和韓國以及臺灣成為了「資本美國」的奴隸，而香港因封建迷信總是無法前進，只有在這些地區實行文化大革命才有可能使他們走出被資本和封建主義壓迫的現狀。那一些高喊自由主義或是資本主義的人，其實這些人只想待在家裡打電動或是看動漫，他們才不理解自由主義真正的意義，這些「自由主義者」是心甘情願的被資產階級所奴隸，高喊自由主義和資本主義也是為了自己的利益，一個真正的奴隸不是在於他受到多少的壓迫，而是支持「壓迫」本身，自然最後也會因為支持資本主義而得到報應，得到來自資本主義和自由主義的報應，最終孤獨又空虛的死在資本主義體制下。對付這些自私又無能的資本奴隸，要實行文化大革命才能徹底消滅和打敗他們，否則人類文明要被這些奴隸和壓迫者所毀壞了。

談論臺灣的政治和思想問題

臺灣，是西太平洋的一個島嶼，長期以來一直受到外國勢力的入侵，直到現在也是在美國半控制下生存著。臺灣人不管在政治還是民族問題上一直都沒有得到解決，甚至也沒有像日韓一樣將文化傳播出去。或許臺灣人有在地的「文化」，但是這些文化實在太過雜亂無章，就像東南亞的文化一樣，會導致當地的人民一直無法走向進步。例如宮廟文化就是迷信的罪魁禍首，這個文化吸引很多下層階級，甚至是有些比較迷信的人，宮廟文化摧殘他們的心靈，使他們成為沒有太多想法的「殭屍」，宮廟文化就是一種臺灣的遺毒，是臺灣人的恥辱。另一個糟糕的文化就是臺灣的鄉土劇，在臺灣的鄉土劇中你會看到臺灣的亂象，將臺灣人劣等的人格無遺表現出來，這種鄉土劇應該被消滅，因為它還會腐化人心。說實在的，臺灣人應該要將自己的文化「砍掉重練」了，臺灣人的文化實在太落後、太迷信了，看看中國的例子，因為經過文化大革命和共產主義的洗禮，所以現在中國的文化和思想是如此先進和科學，臺灣人真應該對自己感到羞恥。究竟何時，臺灣人才能看到自己的懶惰和無知，進而改變本身的文化和思想，蛻變重生呢？

臺灣的問題不只是思想上、文化上，在政治上的問題也非常大。長期以來，臺灣一直活在兩岸問題的輪迴裡，而這對臺灣人是很大的心理壓迫，也因此臺灣人活在自卑中，常常聽到臺灣人總是沉醉在那不怎麼優秀的經濟實力上，雖然說臺灣的經濟不錯，但是和歐美以及中國比還差太遠。臺灣人在民族和國家上都得不到世界認同，只有在經濟上表現的好一點，臺灣的鄉土文化受到某些臺灣民族主義者的認同，這些人試圖幫臺灣人找到「屬於」臺灣人的文化，但這是沒有用的，因為鄉土文化只會使臺灣人目光短淺，進而活在自己的世界裡。另一方面，因為兩岸問題使臺灣出現黨爭，在表面上以中國文化自居的國民黨以及提倡臺灣獨立的民進黨互相鬥爭，但是這兩黨從未真正給臺灣帶來幸福，反而使臺灣的狀況更糟。如果要解決臺灣問題，只有創立新的黨派並且消滅臺灣主義份子，臺灣才可能有未來。所謂的臺灣主義份子就是提倡臺灣鄉土文化或是臺獨份子，就連一些喜愛日本的臺灣動漫迷還有以自由為口號的偽君子也算是臺灣主義份子，這些人是臺灣的垃圾，應該要徹底消滅，否則臺灣的未來值得擔憂。

我在臺灣問題裡面有講到要成立新的黨派才能拯救臺灣的情況，只不過我沒有講到要以什麼政治理念和什麼作為去創立可以改變臺灣現狀的政黨，我在此就要認真的說明。臺灣的情況已經很危險了，但是沒有一個政黨願意放手一搏，尤其是國民黨和民進黨，他們只會在內部進行權力鬥爭而已，完全不在乎臺灣人民的死活。所以要將國民黨和民進黨完全消滅掉，包含支持他們的企業和財團以及媒體一律清理乾淨，如此一來臺灣將往革新走向新的一步。接下來，我們可以創立以遊戲王主義為理念的政黨或是以團結東亞人為旨意的政黨，然後在臺灣進行思想教育改革。首先的思想改革是找出臺灣主義份子，然後進行清除作業，接下來重新確認臺灣的所有書籍和思想，發現有不合理的書和思想都將其銷毀。最後在教育制度裡的各種教材找出不合理的思想，以中文科為例，重新對中國傳統文化進行思想上的修正和改造，以及在教育制度裡放入遊戲王主義思想，這些事情完成以後就算暫時解決臺灣的部分問題，因為要救一個地區的人民，至少要花上幾十年的時間，光是這一部分就要花一段時間實行，但不論如何總比沒實行改革要好多了。

說實在的，國民黨和民進黨是臺灣舊體制下的產物，也就是中華民國這個政權所「製造」出的政黨，說到底「中華民國」根本不是正常國家化的政府，它只是中華民族經歷封建帝制到現在國家之間的過渡政府，從二十世紀初開始中華民族為了擺脫危亡而建立的「臨時政府」，一開始固然是好的存在，但到了後面中國打贏了日本（第二次世界大戰），這個臨時政府也是到了該是退場的時刻，卻因為國民黨和共產黨之間的內戰導致後來的臺灣問題，「中華民國」這個政府反倒成為中華民族的枷鎖，因為本來是臨時政府，所以「中華民國」的體制就有問題，孫中山先生想要結合中國特色創立「中國特色的共和制度」，俗稱「五權分立」，一般西方民主共和制都是三權分立，精簡又有效率，而五權分立變得沒效率又很奇怪，另外一點是「中華民國」是美國在臺灣的從屬政府，在政治上沒有獨立自主，也無法修憲，只能在憲法上面增修條例，實在悲慘，臺灣至少也學新加坡一樣獨立自主吧！「中華民國」和臺灣人本身的劣根性是造成臺灣現代普遍悲慘的最終原因，如果不徹底消滅這個扭曲的共和制是無法讓臺灣擺脫這個詛咒。

一旦發動革命成功推翻中華民國，就可以打破臺灣的民族枷鎖，但請注意是要進行暴力革命，而且要順便剷除國民黨和民進黨，包括支持這些政黨的資產階級、動漫迷還有臺灣主義者，一律都得剷除和消滅，要廢除現有的共和體制，現有的憲法，臺灣人不能再使用「五權分立」來治國了，取而代之的是民主集中制，中央機構分成兩個，分別是「中央政府委員會」和「中央司法院」，中央政治委員會掌管行政和立法權，有點類似內閣制，行政和立法機構有聯繫，可以提高政府的施政效率，而中央司法院則掌控司法權，所有法院、警察機關和檢察機關都聽命於中央司法院，中央司法院也可以解釋憲法、處理民法和刑法的問題。中央政治委員會則處理政治法和行政法的問題，因為總是有反動份子想要試圖顛覆國家民族，所以要設置「執法委員」去逮捕恐佈份子，「政治法」就是處理這樣的恐怖份子而設立保護國家民族的法律。國家的領導人稱為「總教授」，也可以稱為「人民教授」或「教授長」，是三軍統帥，也是負責調和中央政治委員會和中央司法院的問題，總教授在實施政令時要先和中央政治委員會開會，過半數以上的議員同意才可實施新法，這樣可以制衡總教授的立法權力。

「中央政治委員會」底下隸屬的機構有軍事機構、「執法委員調查局」、教育部門、「人性實驗中央研究處」、「唯物理性中央研究局」，目前先大致分為這幾個部門，有一些部門就簡單解釋一下，「人性實驗中央研究處」是專門執行人性實驗的總部，在那會有心理學家和科學家以及精神科醫師進行人性實驗，並且把實驗所得到的數據記錄下來，看看能否解決人性社會問題。「唯物理性中央研究局」是以量子科學去解決近代物理的一些問題，也包含科技研發，但主要以解決理論問題，數學家、物理學家以及工程師（電腦和硬體晶片）會在「唯物理性中央研究局」進行研究，當然部分軍事工業也在此進行設計和生產。「執法委員調查局」是執法委員的總部，是情報與安全機構，以反恐怖主義和反間諜以及執行「政治法」為主要目的，對國家民族是一大重要的保護。這一些機構對臺灣的未來無疑是非常有幫助的，這也是新政府可以給國家民族帶來其中一部分的禮物，給失去民族尊嚴的臺灣人一個希望、一種救贖，挽回臺灣以及中華民族幾百年受盡的恥辱。

臺灣有一個地方出現重大問題，那就是娛樂明星，這裡所說的娛樂明星是總稱，包含歌手、娛樂產業、戲劇人員等等，這些娛樂明星普遍喜歡日本的噁心文化，甚至有些人出現媚日的情況，以日本為祖國而忘了大中華情懷，實在是可恥又噁心的行為，雖然娛樂演藝界本身就是低素質的工作，但是如此集體精神沉淪還真令人深感悲痛，不只如此，娛樂明星常常因為自身的利益在美國和日本出賣對國族的認同，這無疑是變相的漢奸，光是媚日行為無疑打算叛國，甚至是出賣對中華民族的利益，娛樂明星和可惡的舊資產階級一模一樣，娛樂明星和舊臺灣主義媒體一起妨害臺灣的進步，打算繼續剝削臺灣，將臺灣的利益和尊嚴拱手送給了日本，根本是新日本帝國主義份子，遊戲王主義者要將這些偽臺灣人「遣返」回他們的「祖國」，或是清洗他們以拯救中華，使臺灣免於被亡國滅種，畢竟臺灣人的集體精神沉淪是來自這一些漢奸，娛樂明星、舊政府官員、臺灣主義者、動漫迷、同性戀、宗教份子、臺灣主義媒體全是臺灣社會的敵人，必須發動全面的馬克思或遊戲王革命才有可能清洗乾淨，唯有暴力的革命鬥爭才能挽救垂死的臺灣社會。

所謂娛樂明星就是藝人，藝人就是演藝表演者，明確定義包含歌手、演員、模特兒、節目主持人、舞者和音樂人，這些人很多都是為了舊資產階級所工作，例如藝人幫助舊政府官員宣揚日本文化，試圖潛移默化臺灣人對日本的認知，讓臺灣忘記自己是中華民族，最後重新變成日本的殖民地，這是多麼可怕的思想改造啊！而現在網路時代發達，出現了「網路藝人」，也就是實況主，在臺灣這些人很多都做一些使臺灣人精神沉淪的「娛樂」影片，還有一些人專門宣揚日本文化以及動漫，試圖降低臺灣人的智商，也有很多網路藝人是動漫迷，試圖宣揚動漫來毀壞臺灣人的心智，最後在臺灣建立一個動漫邪教組織，這一些藝人根本就是臺灣的敗類。其實，那一些娛樂明星（藝人）有很多人在晚年因為自己的不檢點行為導致落魄淒慘，他們在年少得志的時候都在精神沉淪墮落，賭博、色情、婚外情、吸毒、性侵等等，畢竟藝人這個工作是低素質的，這種工作做久了就會精神沉淪而違反道德，最後慘遭報應也是理所當然。藝人和實況主都進入了精神沉淪的地步了，如果臺灣人不正視他們的錯誤，那臺灣會因為這些人渣而亡國滅種，事實上臺灣的社會問題有很多是藝人和實況主所導致的，是他們扭曲臺灣人的道德，甚至說資產階級使用藝人和實況主來「安定」那一些被資產階級剝削的臺灣人也不誇張，臺灣人真的要向藝人和實況主進行鬥爭，不然真的會沒有希望和未來。

臺灣的教育制度也有問題，首先很許多教育機構已經失去它的功能了，這也包含了某些制度，舉一個例子，將高中分為學術型和職業學校，原本是想專業化，但最後的結果是學術型的高中遠贏過職業學校（高職），完全違背當初的美意，其實想解決這個問題很容易，只要廢除職業學校就好了，而以學術型的高中為主。不只是高中有問題，連大學都有問題，先不論科技大學有多爛，光是普通學術型大學就很有問題，全臺的普通大學就超過一百間，這樣大學的品質絕對不好，而且有許多學術型大學根本不完備，有些大學沒有醫科，也有些大學偏重文組或理組，而且很多大學沒有培養教職人員的科目，只有師範大學是專門培養教職人員的科目，但師範大學卻也不完備。真正完備的大學是具有醫科、理科、文科、教師科以及培養科技人員的實作項目，比較實際的例子是臺灣大學聯盟，將臺灣大學、臺灣師範大學以及臺灣科技大學三者合併為一個大學聯盟，只可惜它不是一所大學，而是緊密聯盟，如果真有大學是像臺灣大學聯盟一樣，那才算真正完備的大學。

真正理想的大學是精簡、多功能、實用的學校，不過臺灣的大學沒有一個達到理想，只有臺灣大學聯盟比較接近理想。而比大學更高的位階是研究所和博士班，臺灣有很多私立大學的大學生想要考上臺大研究所，以為考上臺大研究所就有臺大的光環，事實上根本不可能，「臺大生」的定義是要拿到臺灣大學的大學畢業證書，要是在其他大學畢業就不是臺大生，更何況臺灣大學研究所比臺大的大學部要好考的多，所以想要用臺大研究所或臺大博士班的名義來假裝是臺大生這一件事情是一件非常可憐又無恥的行為。現在臺灣的學生開始往科系的方面前進，反而不特別注重學校，這樣的行為是錯誤的，因為好的學校不只有更好的教材，身邊的同學以後都很有可能成為社會菁英，你有可能因為這些人脈而少奮鬥十年。反過來說，你在私立大學認識的同學有可能帶壞你，原本是個菁英份子最後都變成拖垮國家的垃圾，因為私立大學有很多學生都是動漫迷或是不認真只愛玩的人渣，很難進了私立大學不會受這些人的「感染」。臺大研究所之所以這麼爛很可能是因為收入大多私立大學畢業的學生，而導致臺大研究所素質大幅下降。臺灣應該將所有的私立大學廢除，以因應少子化問題，將好的科技大學以及師範大學併入臺大、清大、交大、成大以及政大，剩下爛的科技大學也廢除，上述這些改革只是前段改革而已，之後要繼續改組大學。

其實我們不只要廢除私立大學，應該將不合理的大學給廢除或進行修正。實際的做法是在北部、南部、中部、東部以及離島地區設立五所綜合型大學，臺灣北部已經有臺灣大學聯盟了，我們只要將它變成（合併）為一個大學就好了，把臺灣大學、臺灣師範大學以及臺灣科技大學三個學校合併為北部的大學基地，並且廢除這三所以外的其它北部大學（清華大學、交通大學、陽明大學、中央大學、政治大學這五所大學保留），以臺灣大學聯盟為北部的大學中心。中部地區將中興大學、彰化師範大學以及臺中科技大學合併成為臺灣中部的大學中心，並廢除這三所以外的其它中部大學（雲林科技大學保留）。南部地區將成功大學、高雄師範大學合併為一個大學中心，並且在成功大學裡多增加培養科技人員的實做項目，最後只保留中山、中正大學，其它南部的大學將進行廢除。東部地區原有的大學全部廢除，並在臺東縣設立東部的大學中心，而離島地區（金門、澎湖、馬祖）也要設立大學中心，地點選在澎湖，在澎湖建立離島的大學中心。這一些事情完成以後，才算是將大學的改組完成。

不只是要改革臺灣的大學和高中，就連國中和小學也要進行改革，在臺灣國中和小學的教育水準每一間實力是差不多的，需要改革的是制度，國中生和小學生最大的問題在太早去上課了，每天早上八點以前就要到學校去上課，以現代人普遍晚睡的因素來看，要小孩八點以前趕到學校實在太辛苦了，所以最好的方法在要將國中和小學的上課時間改到早上九點才開課，然後放學時間往後延一個小時，這樣一來不但不影響學生的上課時間的總長度，也不會使學生太過勞累，實在是一石二鳥的好方法。再來是人際問題，一個小孩如果不能搞定他的人際問題，也不要指望他能搞好學業了，而且人際關係是小孩人格發展的重要關鍵，解決方法是每一學期讓學生重新選擇新的班級，如果學生喜歡原本的班級就留下來，而如果不喜歡原本的班級或同學可以分配到新的班級，實施的具體方式是「二輪制」，二輪制的具體意義是第一輪先讓學生選填班級，接下來再把選填結果公佈在佈告欄，第二輪是讓學生確認他的同學，如果他不喜歡第一輪分配的同學，他可以再選擇其它班級，如此的制度實施下去，也可以防止霸凌問題的出現，真是一個好的解決方法。

「當年的中國，就是現在的臺灣。」這句話的主要涵意是指臺灣人的集體精神沉淪，就像二戰以前的中國一樣，所幸中國已經重新站起來了，但是臺灣和香港人依然無法擺脫劣根性，沒有民族意識，只有個人自私又虛幻的小確幸。臺灣人時常嘲笑中國人是奴隸、沒有自由，事實上卻不知道臺灣人已經活在一個虛幻動漫、虛幻遊戲的牢籠，中國人反而一直衝破思想的牢籠邁向真理。臺灣是一個披著民主自由的奴隸莊園，維繫這個國家的安定只有錢和物質慾望，臺灣人只在乎小說、電動、動漫和吃喝的享受，奴隸主（政府）只需要提供這些東西給奴隸（一般民眾），臺灣人就會像一條狗一樣效忠，其實對這些臺灣人來說，政府只是收稅的一個機構，只要這個政府保障他們有小說、電動、動漫、色情動作片以及吃喝的享受，他們就接受這個政府。美國政府、日本政府甚至是韓國政府只要滿足臺灣人的最低物質需求，要臺灣放棄華族成為別國的殖民地臺灣人也願意，這真是可悲、可恥又可恨。只能說臺灣的其中一項問題是集體的精神沉淪，除了全面性的革命，沒有任何東西可以挽救臺灣社會。

如果有一天，臺灣和中國成功統一了，那就可能要經過二十年以上的緩和期，也就是臺灣自治二十年，類似香港自治五十年是一樣的道理，在這自治二十年的時間裡，中國解放軍會駐守在臺灣島，中華民國從此退出歷史舞臺完成它的使命，臺灣成功回歸祖國，中華民族完成最後的一統，並向世界第一強國的目標前進。而在臺灣自治的這二十年裡，有一些臺灣的叛國者必須進行清除，同時要將臺灣打造成唯物社會，重新改組學校、消滅日本文化在臺灣的遺毒、消滅動漫文化以及娛樂明星（藝人）文化、拆除所有在臺灣的宗教建築物（例如廟宇、清真寺），提倡科學理性並消滅臺灣主義者，把想當日本人或韓國人甚至是美國人的偽臺灣人「送回」日本、韓國以及美國，最後打敗舊資產階級，全力推動唯物主義以及遊戲王主義，這樣一來臺灣才能重回光榮和強大。當然在臺灣自治二十年中，「總教授」依然是臺灣地區的領導人，只是變成像香港特別行政區行政長官的地位一樣。

臺灣地區的禍害根源

是什麼原因造成臺灣人如此可憐？又是什麼原因葬送了臺灣人的未來？或許有許多自私又無知的臺灣人認為「都是中國的錯」，但是事實正好相反，是臺灣人自己葬送了自己的未來，如果說要解釋全部原因，那會寫很多的頁數，但是目前我們可以列舉幾項重大的原因，而且這些原因通常臺灣是不願意承認的，原因有以下幾項：動漫、電動、宗教迷信、鄉土文化、臺語、日本文化、美國文化、演藝人員、網路實況主、國民黨、民進黨、臺灣主義者、同性戀者、資產階級、私立大學、後段國立大學、科技大學、私立高中、韓國文化、舊政府官員、新聞媒體、唯心主義思想等等，以上這些事物都是殘害臺灣的毒藥，但臺灣時至今日依然在服這些毒，當然臺灣就變得如此悲慘，最可怕的地方在於臺灣人把這些毒藥當成美酒狂喝，完全不知道這些毒藥已經準備毒死臺灣，事實上臺灣社會已經進入集體精神沉淪的狀態了，所有「緩和性」療法已經無效，只能採取暴力激進的殘酷手段剷除這些毒，否則我們只能看到臺灣人集體走向滅亡。就算有一天臺灣回歸中國也是要掃除這些毒，因為這些毒會禍害後世的所有臺灣華人，甚至禍害整個中華民族，所以得趕快暴力掃除這些邪惡勢力。

漢字繁體化的重要性

如果要恢復東亞民族的偉大復興，那就必須涉及到漢字的改革，現在世界上分為兩個漢字的系統，繁體中文和簡體中文，當年因為政治因素而將漢字分成兩個系統，如今東亞人再度團結，文字的統一也是非常重要的，但到底是要繁體還是簡體呢？當然是繁體字，因為繁體字是自古以來一直沿用的字體，繁體字也有中華文化淵源又流長的特性，我們應該將羅馬化的簡體字改回繁體字，利用注意拼法代替羅馬拼音，雖說如此，但實現這理念確實不簡單，因為太多人習慣使用簡體了，我們就採取漸進的方式執行，從未成年人開始實行，下一代的人開始使用繁體注音法，當然如果社會不全面改革的話終究也會失敗，所以二十歲到四十歲的人也要去學習繁體注音法，但允許繼續使用簡體羅馬音，而公家機關、政府單位也要開始啟用繁體字，這些政策是繁體化的一部分，如果可幾完成這些步驟，那就幫東亞打下繁體化的基礎。文字和語言涉及到國家民族的文化，決定一個民族是否欣欣向榮，漢字繁體化對東亞文化的復興有重大的意義。

遊戲王主義對於傳統中國思想學說的看法

「傳統中國思想」是混合很多「思想」所創造出來的，首先我們將探討「孝道」這個道德觀。一直以來，東亞人認為小孩應該要「回報」父母的養育，或者至少心中不能忘卻父母的恩情。但是以科學的角度來看，生物為了可以永遠延續自己的種族，必須保護甚至供養自己的下一代。也就是說，「孝道」事實上是可有可無的，這裡可能會有人想說那些年老的人就要獨力生活嗎？當然不是，年老而且無法自力生活的人是政府的責任，只是這樣政府的負擔會很大。遊戲王主義認為，每個人應該最好成為「菁英份子」，即使年老以後依舊可以為民族和社會提供貢獻。況且現代醫療如此發達，每個人都可能活超久，如果不能解決老人問題就會像日本一樣衰敗，因為日本的經濟問題一部分也是因為老人太多。遊戲王主義的「菁英論」也有實行問題，問題在於社會當中總有人是殘疾或「無法成為菁英份子」的人，解決方法是將其「消滅」，或者送到其它國家去。剩下的優秀份子就會使國家走向進步，因為即使是年老的菁英份子對國家和民族都是有利的。遊戲王主義之後會一一探討其它「傳統中國思想」，這次就先討論「孝道」，只是就以結果來說，「孝道」是不需存在的，年輕人應該將精力放在國家和理想當中，而年老的人，會有自己的事業要處理。

儒家，是中國長期以來奉行的思想主義，也是中國傳統文化的核心思想。對於遊戲王主義來說，儒學有優點也有缺點。在探討儒學之前，我們其實應該知道孔子雖然是儒學開創者，但是孔子本人一生其實是不得志的。也就是說，孔子算是生前失敗、死後成名之人，而這樣的人真的可以成為我們奉行偉大思想的開創先祖嗎？畢竟在孔子之前也還是有中國文化的，還有就是秦始皇能統一天下是用法家而非儒家的策略，漢高祖穩定國內而使用的「黃老治術」是道家也非儒家。簡單而言，大一統中國的開創絕不是使用「儒學」所建立的，中國的強大是因為華人本身的優秀性，基因的優良所導致的。而且，儒家提倡人和人的分際，這算是階級主義的一種，更會造成上下階層的衝突。如果人和人有「分際」，只會造成文明的倒退，因為社會的「自私」和不信任會增加，社會就無法正常發展。當然，儒家還是有優點，例如「堅持自我的意志去做」和「因材施教」是正確的。總而言之，儒家是很有爭議的學說，而且太多後人使用不正確的延伸解讀，造成儒學的汙染，更毒害了華人的思想。只有思想特別清新和明朗的人才能發現儒學的錯誤。

儒學當中，孟子提出「民貴君輕」這個理論。遊戲王主義認為「民貴君輕」是半對半錯，人民固然重要因為一個民族代表國家，而人民正是代表國家。只是領導者也是非常重要，因為人民大多是自私無知的，很少有一個國家的大部分人民都是菁英份子。領導者就像「老師」或是「牧羊人」一樣，時時刻刻帶領人群通往富強的道路。當然如果領導者出問題，也可能帶人民跌入懸崖，進入萬劫不復的局面。所以說我們應該彈性調整政治制度的使用方法才是，在正確的時機使用合適的方法，在應該專制時專制，在適合民主時候民主，這樣一個國家才會富強，民族才得以延續。就以東亞現狀來看，應該先將經濟和科技發展起來，等到東亞人的思想和人格像歐洲一樣高貴時，再施行民主也不會太晚。若一個國家太早施行民主，那這個國家無法強大，必須等到經濟和科技的成熟，才有可能實現民主。總之，現在的東亞最適合實行的制度是「開明專制」，我們需要強而有力的領導人推動經濟和科技建設，帶動民族的發展。

道家，是中國傳統思想的一門學說。道家主要的用途有兩種，第一種探討哲學宇宙，第二種是處世態度的原則。「探討哲學宇宙」是指道家認為宇宙是自然運行的，就和西方的「大機械宇宙」理論很相像，也和馬克思的「歷史唯物主義」有很大的類同。因為道家提出「無為」，指人應該順其自然而運行，代表宇宙有自然規律，不管因為突發的奇蹟或神性所改變。歷史唯物主義則認為以人類社會的演變過程中，總是有「物質經濟」的因素所決定的，而非以突發性的奇蹟所造成。所以道家和唯物主義兩者所得出的結論是不論宇宙或人類歷史都是有一定的法則所決定的，也和遊戲王主義當中的「科學理性論」雷同。道家的處世態度總被人誤會是放任制度，事實上道家的無為是指順其自然運行，但不放任。歷史上有不少皇帝實行「無為而治」使國家休養生息，其中文景之治更是最好的例子。就幾結果來說，「道家」算是中國歷史上最早的唯物主義，對中國造成很大的影響。

法家是中國傳統學術的一種，在古代中國政治算是一種軍國主義或法西斯主義。秦始皇使用了法家一統中國，雖然法家的方式很殘酷，但是對中華民族是絕對有利的，法家不只尊君，也設立「中央集權」有效率的制度。很多人認為中國是因為「儒學」而強，事實上完全不對，因為從漢武帝以後中國就已經「外儒內法」了，大部分的政治手段很多都為「法家」思想。中國歷史上偉大的「千古聖帝」分別有：秦始皇、漢武帝、隋文帝、唐太宗、元世祖、明成祖還有清聖祖，這些皇帝多多少少都有使用法家開創中國霸權，可想而知法家對中華文化是如此重要。法家也是第一個提倡以「法律」治國，這對中國中央集權有很大的幫助，只是自從秦朝覆亡，中國人就以「儒學」為主，雖然還有一些皇帝使用少量「法家」學說治國，但已經無法全面性的提升中國人強大的意識。如果中國人以「法」為中心思想，說不定已經成功征服世界呢。

墨家，實在是中國古代的偉大思想。只可惜到後面很長一段時間沒人研究和奉行墨家的思想。墨家的思想和馬克思主義有很大的共同點，「兼愛」是指愛所有萬事萬物，馬克思主義對人民的愛有異曲同工之妙，而「非命」是指努力奮鬥掌握自己的命運，馬克思主義則提倡工人階級的奮鬥。至於「非樂」、「節用」、「節葬」在墨家的思想中是指節用資源，也和馬克思主義物盡其材有類似的想法。而對於遊戲王主義來說，「尚賢」、

「尚同」、「天志」是非常符合遊戲王主義當中的「菁英論」、「思想大同論」、「自然規律」這些思想。但是「非攻」和「明鬼」是違反遊戲王主義論，因為遊戲王主義承認生物生存必須鬥爭，有鬥爭就不可能「非攻」；「明鬼」是相信鬼神，但遊戲王主義提倡科學，所以「明鬼」違反「科學論」。墨家所提倡科學以及以菁英份子（賢才）所組成的政治組織，和遊戲王主義的部分理念很相似，如果中國人實行墨學，中國可能早就成為世界第一的科技強國了。

遊戲王漢化問題

所有玩遊戲王的玩家有一天一定會碰到這個問題，那就是「遊戲王漢化問題」，遊戲王雖然是大東亞的產物，但是一開始是從日本地區製造出來的，遊戲王最主要的版本還是日文，或許有很多人不理解「遊戲王漢化問題」的重要性，在此便提出解釋，如果遊戲王一直沒有中國化，那就會被認定為日本人的產物，最後即使遊戲王是神聖的象徵，也會因為是日本人的產物而遭到批鬥。那要怎麼解決遊戲王漢化問題呢？很簡單，只要製造另一個中文系統的遊戲王就好了，卡片、動畫、漫畫還有很多有關遊戲王的東西都出中文版本，最好使用精美的繁體中文來寫，字的規格以原本的日文漢字比例大小為參考。做到上述這些事情只能是中國化的第一步而已，接下來我們應該將遊戲王的公司總部從東京遷到中國地區的大城市，可能是北京、上海、重慶這三個當中的其中一個城市，在中國化時期以後的遊戲王動畫音樂是華人所唱，不在是日本人的音樂。最好的結果是可以將遊戲王的版權和製造權轉移到中國的公司去，如果真可以做到，那遊戲王從此就是華人的東西了，當然即使中國化了，遊戲王卡還是有日本文版本的，不會說有完整的中文版就不再製造日文卡片，只是主要的官方系統變成兩個，一個是中文，另一個是日文。

遊戲王主義如何看待全球化

全球化，原本是期望世界上每一個國家可以平等、自由的交易，但是卻發生資訊不對等和經濟殖民化的問題。第二次世界大戰以前，各列強都在殖民其它弱小的國家，無論在政治、經濟，甚至是民族問題上列強都在殖民地發揮強大的影響力。而現在雖然這些殖民地得到了解放，獲得了獨立，但是西方列強還是在世界上發揮強大的影響力，尤其是美國。這些列強從新帝國主義轉變成全球化，表面上雖平等，私底下卻依舊是像以前一樣，只是政治上獨立，但經濟和文化影響力掌控在西方列強手中。美國利用了全球化殖民了全世界，在二戰以前，這些殖民母國想在殖民地推行母國的語言，但或多或少得到殖民地人民的反抗，現在以「全球化」的名，反而不知不覺地認真學習英語，美國什麼事都不用做就可以在文化上殖民全世界，真是諷刺。遊戲王主義認為東亞地區上的人民應該團結抵制英語的傳播，不應將英語做為第二母語。如果要學習外語，也可以試試法語、德語甚至俄語也行。不被美國文化和英語控制的東亞人，才可能活出民族的驕傲。

說到全球化，實在有太多事要說的。不只美國，現在連日本和韓國都搭上「全球化」的船，向其它國家散播他們本國的文化和經濟影響力。除了少數作品和想法值得學習以外，其它的東西簡直微不足道。不管是香港還是臺灣人，多多少少受到這些文化影響而無法正常的思考。例如每天看動漫的動漫迷就很少思考出對國家民族，甚至是對人類有貢獻的發現或思想，動漫迷只在乎有沒有新動漫而已。至於韓國文化迷也只在乎韓國整型美女或沒深度的韓劇，甚至想學習無用的韓語或日語，這些人乾脆去當韓國人或日本人算了。當然「全球化」也還是有好處的，各物品可以自由往來，國和國之間可以親密往來。只是以民族觀點來看，多少都喪失了一些尊顏而已，臺灣和香港都快忘了華夏的偉大反而自願去當美日的小狗，實在可惜。遊戲王主義認為，臺灣和香港應該和中國團結在一起，恢復華族的光榮。東亞的問題出自於西方勢力的入侵和華族的不團結，如果可以解決這些問題，就可以徹底洗掉二百年華族的恥辱。

國家圖書館出版品預行編目資料

遊戲王主義論/王柏瀧作. -- 初版. -- 臺北市：博客思出版事業網,
2021.07
面； 公分
ISBN 978-957-9267-99-1(平裝)
863.57 110007368

現代哲學9

遊戲王主義論

作　　者：王柏瀧
編　　輯：王柏瀧
美　　編：陳勁宏
封面設計：陳勁宏
出 版 者：博客思出版事業網
發　　行：博客思出版事業網
地　　址：台北市中正區重慶南路1段121號8樓之14
電　　話：(02)2331-1675或(02)2331-1691
傳　　真：(02)2382-6225
E—MAIL：books5w@gmail.com或books5w@yahoo.com.tw
網路書店：http://bookstv.com.tw/
https://www.pcstore.com.tw/yesbooks/
https://shopee.tw/books5w
博客來網路書店、博客思網路書店
三民書局、金石堂書店
經　　銷：聯合發行股份有限公司
電　　話：(02) 2917-8022　傳 真：(02) 2915-7212
劃撥戶名：蘭臺出版社　帳號：18995335
香港代理：香港聯合零售有限公司
電　　話：(852)2150-2100　傳真：(852)2356-0735
出版日期：2021年7月 初版
定　　價：新臺幣280元整（平裝）
ISBN：978-957-9267-99-1